KB123668

# Taming Master

## 테이밍마스터

# 테이밍 마스터 18

2017년 8월 11일 초판 1쇄 인쇄
2017년 8월 17일 초판 1쇄 발행

**지은이** 박태석
**발행인** 이종주

**기획 팀** 이기헌 왕소현
**책임 편집** 최이슬

**발행처** (주)로크미디어
**출판등록** 2003년 3월 24일
**주소** 서울시 마포구 성암로 330 DMC첨단산업센터 3층 314호
**Tel** (02)3273-5135  **Fax** (02)3273-5134
**홈페이지** rokmedia.com  **E-mail** rokmedia@empas.com

ⓒ 박태석, 2016

값 8,000원

ISBN 979-11-294-0481-7 (18권)
ISBN 979-11-5960-986-2 04810 (세트)

# 18

# Taming Master

박태석 게임 판타지 장편소설

# 테이밍마스터

ROK
MEDIA
로크미디어

# CONTENTS

어둠의 신룡, 루가릭스

Taming
Master

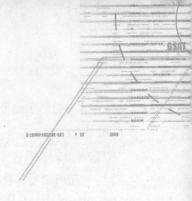

'신룡 엘카릭스를 준다고?'

파격적이라는 말이 무색할 정도로 어마어마한 퀘스트의 보상에 이안은 혹여 잘못 읽은 것이 아닌지, 다시 한 번 보상 내용을 또박또박 읽어 보았다.

하지만 분명히 보상은 '엘카릭스'였고, 앞에는 친절하게 '신화 등급의 소환수'라는 수식까지 붙어 있었다.

정령왕의 심판을 쥔 이안의 오른손에 자신도 모르게 힘이 들어갔다.

'대박이다!'

이안은 퀘스트의 난이도를 다시 한 번 확인해 보았다.

그리고 난이도 란에는, 역시나 최고의 난이도를 상징하는 트리플S 등급이 박혀 있었다.

하지만 그럼에도 불구하고 이안은 의구심이 들었다.

'트리플S도 부족한데…… 쿼드라나 펜타S 등급의 난이도가 박혀 있어도 납득할 수 있는 수준의 보상이야 이건.'

하지만 의심도 잠시, 이안의 양쪽 입꼬리가 실룩거렸다.

신화 등급의 소환수, 그것도 신룡이라니.

'이거 이거, 이러다가 신룡들로 콜렉션이라도 만드는 거 아닌가 모르겠네.'

이안은 다시 한 번 김칫국을 들이키며 에르네시스를 향해 고개를 숙여 보였다.

"절대로, 실망시켜 드리지 않겠습니다."

그리고 에르네시스가 만족스러운 미소를 지으며 고개를 끄덕였다.

─쉬운 일은 아니겠지만, 잘 해내리라 믿는다.

이안의 믿음직스런 답변 덕에 무척이나 기분이 좋아진 빛의 여신 에르네시스.

하지만 그 대답은 사실, 에르네시스를 향한 말이라기보다는 이안 자신을 향한 다짐에 더 가까운 것이었다.

중부 대륙의 북쪽.

어둠의 힘에 의해 진입이 막혀 있던 미지의 대지가 드디어 유저들에게 오픈되었다.

필드의 레이드 보스였던 사령의 군장이 사라지고 나자 게이트가 오픈된 것이다.

북부 말라카 대륙과 중부 시카르 사막을 잇는 드넓은 고원.

중부 대륙만큼 거대하진 않지만 그 절반 정도는 될 수준의 새로운 맵이 오픈되자, 유저들은 너도나도 그 안으로 뛰어들었다.

항상 콘텐츠가 넘치는 카일란이기는 하지만, 그럼에도 불구하고 새로운 콘텐츠는 유저들의 관심을 끌 수밖에 없는 것이다.

중부 대륙의 북쪽에 있는 협곡을 지나면, 유피르 산맥을 시작으로 광활하게 펼쳐지는 백색 고원.

이 새로운 맵의 이름은 '헤인츠 고원'이었다.

덕분에 최근 카일란의 공식 커뮤니티에는 헤인츠 고원에 대한 이야기들로 가득했다.


-제목 : 헤인츠 고원 사냥 중이신 유저분들! 뉴비 좀 도와주세요!

안녕하세요. 얼마 전 운 좋게 길드 파티에 껴서 유피르 산맥 마실 다녀온 쪼렙입니다.

궁금한 부분 몇 가지만 물어볼게요.

1. 헤인츠 고원 진입 장벽 어느 정도인가요? 그리고 좀 부족한 스펙으

로도 비벼 볼 만한 지역이 따로 있다면 알려 주시면 감사하겠습니다!

2. 헤인츠 고원에 젠 되는 언데드들, 정말 흑마법사 전용 영웅템 드롭률이 그렇게 높나요? 지인들 얘기 들어 보니 흑법 템 드롭률 되게 높다는 얘기가 많더라고요.

명당 있으면 자리 잡고 닥사하려고 하는데…….

실제 후기 있으면 들어보고 싶습니다.

아, 그리고 공헌도는 시간당 몇 정도 쌓이는지도 궁금하네요.

……중략……

참고로 제 스펙은, 257레벨 흑마법사입니다. 2티어 히든 클래스 가지고 있고요.

추천 맵이나 파티 구성, 아이템 세팅 등 알려 주신다면 정말 감사하겠습니다!

세부 스펙은 아래 스크린 샷에서 참고하시면 될 듯합니다.

(스크린 샷)

PS. 천만 골 정도 여유자금 있으니, 아이템 세팅 알려 주시면 전부 다 투자해서라도 스펙 올리겠습니다.


헤인츠 고원의 가장 큰 특징은, 대부분의 몬스터가 '언데드'들로만 구성되어 있다는 점이었다.

그렇기에 여기서 파생되는 가장 큰 장점이 바로, 신규 에피소드에 대한 '공헌도'였다.

이 에피소드가 진행되는 동안에는 샬리언과 관련된 모든

언데드를 사냥할 시 공헌도가 쌓이는 것이다.

리치 킹이 잡히고 에피소드가 끝나기 전까지는 이 공헌도가 곧 아이템이고 경험치이자 돈이었으니, 이것은 엄청난 메리트가 아닐 수 없었다.

또, 흑마법사 전용 아이템의 드롭율이 무척이나 높아서, 흑마법사 유저들이 특히 극성이었다.

무리를 해서라도 헤인츠 고원에 진입하고 싶어 하는 흑마법사 유저들이 한두 명이 아닐 정도였으니 말이다.

바로 위의 게시물처럼 말이다.


─ㅋㅋㅋ님, 헤인츠 고원이 무슨 중렙들 놀이터인 줄 아시나요? 257렙으로 진입하시겠다고요?ㅋㅋ

─윗 님, 257렙이 확실히 헤인츠 고원 진입하기에는 무리가 있는 레벨이긴 하지만, 그래도 중렙이라고 하는 건 좀 오바인 것 같은데요? 200중반 정도면 그래도 상위 30퍼센트는 될 텐데요.

─맞음. 스샷 보니까 템 세팅도 제법 잘 되어 있으시고, 천오백만 골추가로 바르시면 외곽지역 정도는 비벼 볼 만하실 것 같은데.

─꼭 세 자리 수 레벨도 못 찍은 허접들이 저렇게 입으로 카일란하지. ㅉㅉ


처음 에피소드가 시작된 직후에는, 북쪽으로부터 밀려 내려오는 언데드 군단에 의해 중부 대륙에 있는 영지들이 제법 피해를 보기도 했었다.

언데드들의 높은 레벨도 문제이지만 물량이 정말 어마어마했기 때문이었다.

하지만 공헌도의 가치에 대해 알게 되고 언데드들에 대한 정보가 많이 풀리기 시작하자, 상황은 달라졌다.

대륙 각지에서 사냥하던 고 레벨 유저들이 중부 대륙의 북쪽으로 벌떼처럼 몰려든 것이다.

북부에서 내려오는 족족 유저들이 앞 다투어 사냥하는 통에 중부 대륙을 공격하던 어둠의 군대들이 씨가 말라 버린 것이다.

게다가 이제는 중부 대륙의 북부를 넘어 헤인츠 고원으로 갈 수 있는 길까지 열렸으니, 이전과는 완전히 반대의 형국이 된 것이다.

그에 유저들은 역으로 걱정하기 시작했다.


-그런데 님들, 이번 에피소드 너무 싱거운 거 아님?

-ㅇㅇ? 뭐가요?

-아니, 그렇잖아요. 요즘 기세면 헤인츠 고원도 순식간에 전부 개척될 것 같고, 거기 어디에 숨어 있다는 리치 킹만 잡으면 뉴 에피소드 끝나잖아요.

-그러네. 윗 님 말처럼 이제 리치 킹 찾기만 하면 랭커들이 끔살 시킬 것 같은데요?

-에이 설마. LB사가 그렇게 싱겁게 뉴 에피소드를 끝내겠음? 좀만 기다려 보셈. 또 어디서 분명 폭탄 터질 거임.

-흐음, 그러려나? 물론 그럴 수도 있겠지만, 저는 왠지 LB사에서 유저들 과소평가하고 에피 짠 것 같기도 하네요. 사실 지금 헤인츠 고원 난이도가 낮은 게 아니라, 한국 유저가 극성인 게 팩트 아닙니까.

-크으, 진짜 LB사 불쌍하다 ㅋㅋ 이렇게 콘텐츠 쉴 새 없이 뽑아내는데도 부족하다니. 진짜 우리나라 게이머들 콘텐츠 소모 속도가 미쳤네. 개발사 직원들 일 못 하겠다고 때려치우면 어떡하지.


급기야는 개발사 직원들의 안위까지 걱정해 주는 유저들이었다.

하지만 그러한 걱정들은 그야말로 '기우'였다는 것이 그리 오래지 않아 밝혀졌다.

헤인츠 고원 깊숙한 그 어딘가.

아직 사람의 발길이 닿지 않은, 새하얀 눈으로 뒤덮인 봉우리.

그리고 그와 대조되는 새카만 첨탑의 꼭대기에 거대한 존재감을 뿜어내는 언데드의 왕 리치 킹이 서 있었다.

피골이 상접하다 못해 해골만 앙상하게 남은 리치 킹의 모습.

리치 킹의 두 눈에는, 인간이라면 있어야 할 눈동자 대신 시퍼런 불빛이 일렁이고 있었다.

리치 킹 샬리언의 입이 천천히 떨어졌다.

"준비는 이제 끝났겠지?"

탁하고 칼칼한 목소리.

아무런 감정도 느껴지지 않을 정도로 고저 없는 목소리가 울려 퍼지자 그의 앞에 검은 인영이 하나 불쑥 나타났다.

그리고 그 인영은 천천히 리치 킹을 향해 걸어 나왔다.

어둠 속에서 나오자 인영의 생김새가 살짝 드러났다.

검보랏빛의 로브를 걸친, 새하얀 피부의 흑마법사.

그는 샬리언에게 예를 취해 보이며 입을 열었다.

"위대하신 나의 왕이시여, 모든 준비는 끝났습니다."

샬리언이 천천히 고개를 끄덕였다.

"좋아, 준비가 드디어 끝났군. 생각보다 오래 걸렸어."

"죄송합니다, 왕이시여. 하지만 철저히 준비한 만큼, 어둠의 군대는 더욱 완벽한 힘을 갖게 되었나이다."

따닥- 딱-.

샬리언이 입꼬리를 말아 올리자, 뼈가 맞물리며 기괴한 소리가 울려 퍼졌다.

살점은 거의 없으며, 보기 흉측할 정도로 앙상하게 남아 있는 샬리언의 근육.

그 근육이 뒤틀리자, 그렇지 않아도 흉측했던 리치 킹의 얼굴이 더욱 그로테스크하게 변하였다.

샬리언이 다시 말을 이었다.

"괜찮노라. 저들의 저항이 생각보다 거세어서 일어나게 된 일. 나의 영혼의 조각을 너무 많이 잃어버린 것이 늦어지게 된 가장 큰 이유이니, 그대의 잘못은 없음이다."

"망극하옵니다, 어둠의 제왕이시여."

리치 킹이 손을 번쩍 들어 올렸다.

그러자 그의 옆에, 한 명의 새로운 흑마법사가 추가로 나타났다.

그는 앞으로 다가와 조용히 한쪽 무릎을 꿇었고, 이어서 샬리언이 말했다.

"카데스 님께 '물건'은 받아왔는가."

"그렇습니다, 왕이시여."

새로 나타난 흑마법사는, 품속에서 낡은 양피지 같은 것을 꺼내었다.

그리고 그 물건을 공손히 샬리언을 향해 내밀었다.

"좋아. 완벽하군. 크크큭, 이 샬리언이 어둠의 신의 권능을 쓰게 될 날이 올 줄이야. 크하하핫!"

샬리언이 양피지를 받아 든 손을 번쩍 치켜 올렸다.

그러자 그의 손에서 푸른빛의 불꽃이 뿜어져 나오더니, 낡은 양피지가 순식간에 재가 되어 사라졌다.

하지만 그것은 끝이 아니었다.

양피지가 타 버린 자리에 시커먼 칠흑의 기운이 뿜어져 나오더니, 샬리언의 몸으로 빨려 들어가기 시작한 것이다.

"크하하, 크하하핫!"

겉으로 보기에도 어마어마한 힘이 느껴지는 어둠의 기운.

쥐죽은 듯 조용한 마탑의 내부에, 샬리언의 박장대소가 끝없이 울려 퍼졌다.

그리고 잠시 후, 샬리언의 웃음이 잦아들고 나자 양피지를 건넨 흑마법사가 다시 입을 열었다.

그의 목소리는 무척이나 심각했다.

"왕이시여, 어둠의 신께서 전하신 말이 하나 있었습니다."

온몸에 넘쳐흐르는 힘에 취해 있던 샬리언이, 천천히 고개를 돌리며 물었다.

"그게 무엇이더냐."

"이제 당분간 샬리언 님을 돕기 힘들 것 같다 하셨습니다."

이어서 흑마법사의 말이 끝나자, 샬리언의 표정이 살짝 일그러졌다.

"이유는?"

"그것까지는 저도…….."

그의 언짢음을 느낀 흑마법사는 어쩔 줄을 몰라 했고, 샬리언은 이를 뿌드득 갈았다.

"이미 많은 권능을 넘겨받았으니, 크게 아쉬울 것은 없으나……."

샬리언의 두 눈에서 타오르던 푸른빛이, 서서히 검보랏빛으로 물들어 가기 시작했다.

그리고 잠시 후, 샬리언이 들고 있던 스태프를 번쩍 치켜들었다.

"이제 시작이다, 나의 아들들아! 나는 대륙으로 진격해 오만한 인간들을 학살하고, 어둠의 제국을 세울 것이다!"

샬리언의 스태프 끝에 박혀 있는 영롱한 빛깔을 띤 흑요석에서 보랏빛의 기운이 뿜어져 나오기 시작했다.

이어서 샬리언은 뒤를 돌아 천천히 걸었다.

마탑 꼭대기의 낡은 문이 열리며, 하얀 눈이 쌓인 테라스가 나타났다.

샬리언은 그 안으로 느릿하게 걸어 들어갔고, 스태프에서 뿜어져 나오는 기운은 점점 더 강맹해지기 시작했다.

잠시 후, 샬리언이 테라스의 밖으로 모습을 드러낸 순간…….

"크아아아!"

"캬아아오오!"

"우리들의 왕! 우리들의 아버지!"

"샬리언 님의 영광을 위하여!"

아무도 없다고 생각될 정도로 고요했던 설원에, 고막이 찢어질 듯한 거대한 함성이 울려 퍼지기 시작했다.

그리고 마탑 앞의 광활한 설원에는 그 숫자를 셀 수도 없을 만큼 어마어마한 어둠의 군대가 늘어서 있었다.

그것은 샬리언의 대반격의 시작이었다.

한편, 어둠의 군단이 창궐하기 시작한 그 시간.

"좌표상 이쪽이 맞는 것 같은데……."

"제대로 찾아온 것 맞아, 형. 이 협곡만 지나면 분명 드래곤 레어가 나올 거야."

"엇, 훈이 님. 저쪽은 막다른 길인 것 같은데요?"

어느새 루가릭 산맥에 도착한 세 사람은, 열심히 어딘가를 찾고 있었다.

그들이 찾는 곳은 바로, 어둠의 드래곤 '루가릭스'의 레어.

"어, 저기! 저기다!"

훈이의 목소리가 허공에 울려 퍼졌고, 이안과 레비아의 시선이 동시에 그쪽을 향해 움직였다.

그리고 그곳에는, 어마어마한 위용을 자랑하는 거대한 드래곤 레어의 입구가 드러나 있었다.

지금까지 카일란 한국 서버에서 발견된 드래곤의 레어는, 단 한 곳뿐이었다.

그곳은 바로 중부 대륙의 중심에 있는 화산지대.

그 붉은 용암의 대지 안에 있는 '태양의 신룡 라노헬'의 레어였다.

홍염의 군주 레미르가 차원 전쟁 당시, 클래스 관련 메인 퀘스트를 하던 중 발견했던 최상급의 던전.

하지만 그곳조차도 발견되었다 뿐이지 그 누구도 공략에 성공한 이는 없었다.

발견한 당사자인 레미르 조차도 말이다.

'그때 레미르 누나가 뭐랬더라? 던전 환경이 정말 지옥 같았다고 했었나?'

루가릭스의 레어에 진입하기 전, 이안은 레미르로부터 태양의 드래곤 라노헬의 레어에 대해 들었던 이야기를 상기시켜 보았다.


"출현하는 몬스터들이 전부 드레이크나 와이번들인 거야 그럼"

"거의 그렇지. 준 보스급 네임드 몬스터들은 '가디언' 이라고 해서 골렘들도 등장하는데, 거의 90퍼센트 정도는 유일에서 영웅 등급 정도의 용족이라고 보면 돼."

"레벨대는 어떤데?"

"내 기억에 드레이크 류는 370레벨 전후. 그리고 와이번들은 340레벨쯤이었던 것 같아."

"확실히 당시 전력으로는 공략할 엄두조차 안 났겠네. 누나가 레어 찾았을 때 레벨이 300도 되기 전이었을 테니까."

"그랬지."

"하지만 지금이라면 공략해 볼 만하지 않아?"

"글쎄. 사실 320레벨 정도 찍었을 때, 샤크란 님 등등 친분 있는 랭커들 대동해서 한 번 들어가 봤었는데, 얼마 들어가지도 못하고 포기하고 나왔어."

"어째서?"

"거기 환경이 너무 지옥 같았거든. 정말 불지옥이랄까. 지하 3층부터는, 화염 저항 풀 세팅 안하면 접근조차 하기 힘들어."

"아하, 확실히 그러면 까다롭지."

"뭐, 이제는 그때와 또 다르니까. 공략할 각이 나올 것 같기도 하네. 다음에 같이 가 보든가."

"그러지, 뭐."


잠시 상념에 잠겨 있던 이안의 귓전으로, 레비아의 목소리가 흘러들어 왔다.

"이안 님, 뭐 하세요? 안 들어가요?"

이안이 멈춰 있는 동안, 두 사람은 어느새 던전 입구에까지 발을 들인 것이다.

그에 생각을 정리한 이안이 고개를 끄덕이며 레비아를 향해 대답했다.

"아, 잠시 던전 공략할 방법 좀 생각해 봤어요."

그리고 훈이와 레비아가 동시에 되물었다.

"던전 공략법요?"

"엥? 드래곤 레어도 들어가 봤어?"

이안이 고개를 절레절레 저으며 입을 열었다.

"아니, 던전에 들어가 본 적은 없고요. 일전에 레미르 누나에게 들었던 경험담? 같은 게 있었거든요."

"아아……."

"그래? 그럼 우리한테도 말해 줘야지."

이안이 훈이를 향해 씨익 웃으며 대답했다.

"일단 들어가자. 어차피 1층은 어렵지 않을 거야. 워밍업 좀 하면서 설명해 줄게."

레비아와 훈이가 고개를 끄덕이며 또다시 동시에 대답했다.

"오케이, 알겠어, 형."

"예, 그렇게 하도록 하죠."

헤인츠 고원 필드의 깊숙한 곳에 위치한 어느 던전의 입구.

타이탄 길드의 깃발이 펄럭이는 이곳에, 한 유저가 다급히 뛰어오며 입을 열었다.

"헉, 헉……! 마스터! 큰일입니다!"

표정과 제스처만으로도 무척이나 다급해 보이는 남자의
모습.

그를 발견한 타이탄 길드의 마스터 샤크란이 의아한 표정
으로 되물었다.

"음? 무슨 큰일이지?"

"길드 채팅 혹시 안 보신 겁니까?"

"던전 공략이 방금 끝나서 말이지."

헤인츠 고원의 던전들은, 최상위 길드인 타이탄 길드로서
도 전력을 다해야만 클리어가 가능한 난이도였다.

그리고 이렇게 고난이도의 던전을 트라이할 때에는, 모든
종류의 채팅과 메시지 창을 꺼 놓는 것이 타이탄 길드의 길
드 규율이었다.

잘 짜여진 파티에서 한 명이라도 실수를 하면, 전멸을 면
치 못하는 경우도 생길 수 있으니 말이다.

허겁지겁 뛰어온 남자는 잠시 숨을 골랐고, 샤크란이 고개
를 갸웃하며 다시 입을 열었다.

"대체 무슨 일이지? 나는 큰일이 날 만한 것이 없는 것으
로 알고 있는데 말이야. 주변에 감히 공격해 올 만한 길드가
있는 것도 아니고, 그렇다고 이카룬 왕국에서 이렇게 갑자기
전쟁을 선포했을 것 같지는 않고."

이카룬 왕국은, 카이몬과 루스펠 제국이 멸망한 뒤 서부
지역에 새로 생긴 커다란 왕국의 이름이었다.

새로 만들어진 수많은 왕국들 중에서도 제법 세력이 있어 타이탄 길드에서도 주시하고 있었던 왕국이다.

하지만 바로 어제까지도 전혀 전쟁의 기미 같은 것은 보이지 않았었기에, 샤크란은 의아할 수밖에 없었던 것이다.

그런데 이어진 남자의 말은, 샤크란이 당황할 만한 내용을 담고 있었다.

"바로 그 이카룬 왕국입니다, 마스터."

"으음?"

"바로 30분 전에, 이카룬 왕국에서 우리 타이탄 왕국을 향해 대군을 일으켰다고 합니다."

큰일이라는 말을 들었을 때조차 침착했던 샤크란의 표정이, 순식간에 굳어 버리고 말았다.

"그럴 리가! 이카룬 왕국은 함부로 전쟁을 일으킬 수 있을 만한 상황이 아닐 텐데?"

이카룬 왕국과 국경을 접하고 있는 곳은, 타이탄 왕국만이 아니었다.

로드리스 왕국이라는, 이카룬 왕국처럼 NPC들에 의해 만들어진 작은 왕국을 비롯해서, 다른 두 개 정도의 다른 왕국과도 인접해 있었던 것이다.

이는 하이에나처럼 호시탐탐 이카룬 왕국을 노리고 있는 세력들이 많다는 뜻.

그런 상황에서 이카룬 왕국이 타이탄과 전면전을 벌인다

는 것은, 그야말로 커다란 리스크를 감수하는 것일 수밖에 없었다.

샤크란의 의문을 들은 남자가 다시 말을 이어 가기 시작했다.

그리고 그 내용에는 더욱 놀라운 이야기들이 담겨 있었다.

"이카룬 왕국은 지금, 우리 타이탄 왕국뿐 아니라 다른 왕국들에도 동시에 대군을 보냈습니다."

"허, 점입가경이구만. 이카룬 왕국이 좀 덩치가 있기는 하지만, 그렇다고 해도 그건 자살 행위일 텐데?"

"그렇지 않습니다, 마스터. 이카룬 왕국은 지금, 수만이 넘는 어둠의 군대의 도움을 받고 있습니다."

"어둠의 군대라……. 그건 또 뜬금없이 무슨 소리지?"

"이카룬 왕국이 리치 킹과 손을 잡은 듯합니다."

"……!"

"이카룬 왕국뿐 아닙니다, 마스터. 지금 대륙 곳곳 수많은 왕국들에서 어둠의 군대들이 창궐하고 있습니다. 리치 킹의 군대들이 말이죠."

여기까지 이야기를 들은 샤크란은 곧바로 길드원들을 불러 모아 최대한 빨리 왕국으로 귀환할 것을 명령했다.

대충 지금의 상황이 짐작되기 시작한 것이다.

'이거였나. 어쩐지 새로운 에피소드가 너무 싱겁다는 생각이 들긴 했어.'

신규 맵인 헤인츠 고원은 고작 한 달 만에 거의 60퍼센트 이상이 유저들에 의해 개척되어 버렸다.

이 말인 즉, 이대로 한두 달 정도만 더 지나면 리치 킹 샬리언까지 공략할 수 있게 된다는 말이었다.

일반적으로 뉴 에피소드가 등장하면 족히 반년 정도는 걸려야 클리어되곤 했는데, 그에 비해 너무 싱겁다는 생각을 하고 있었던 것이다.

샤크란은 길드 채팅을 열어 그간 오갔던 채팅들을 쭉 훑어보며 정보를 분석하기 시작했다.

'이카룬, 라마리스 등……. 총 일곱 개 왕국들에서 어둠의 군대가 창궐했군. 이들의 공통점이 뭘까?'

샤크란의 머리가 빠르게 회전하기 시작했다.

처음에는 NPC들에 의해 세워진 모든 왕국에서 어둠의 군대가 등장한 건 줄 알았건만, 그것은 아니었다.

당장 이카룬 왕국의 바로 위에 있는 로드리스 왕국만 하더라도, 이카룬에 의해 공격받고 있다고 하지 않는가.

그리고 잠시 후, 샤크란은 깨달을 수 있었다.

'그래! 그거였어. 이 일곱 개 왕국은 전부 국교가 카데스교로 설정되어 있는 나라였어!'

여기까지 생각이 미치자, 대충 일이 어떻게 돌아가고 있는 것인지 알 것 같았다.

'어둠의 신 카데스가 샬리언과 한편이었나?'

샤크란의 입꼬리가 슬쩍 말려 올라갔다.

시시한 것만 같았던 이번 에피소드가 생각보다 더 재밌어지는 느낌을 받았기 때문이었다.

난이도야 많이 올라가겠지만, 싱거운 것보다는 이편이 훨씬 더 마음에 들었다.

−어둠의 구역, 마지막 지역에 진입하셨습니다.

−10초 후. 지하 4층을 지키는 가디언, '카오틱 드레이크(Lv.375)'가 등장합니다.

시스템 메시지가 떠오르자, 세 사람은 빠르게 각자의 상태를 점검했다.

던전에 즐비한 몬스터들의 공격은 멈춰지지 않았지만, 세 사람은 여유가 있는 모습이었다.

그리고 메시지를 본 이안이 훈이와 레비아를 향해 주의를 주었다.

"조심해! 카오틱 드레이크야!"

"그게 뭔데?"

"설명은 조금 있다가 할게. 훈이, 일단 뒤로 빠져!"

"오케이!"

이안의 오더에 따라 훈이와 레비아가 분주히 움직이며 스킬을 캐스팅했다.

당연한 이야기지만, 두 사람이 움직이는 동안 이안도 가만히 있는 것은 아니었다.

카카의 광역 필드를 재사용 대기 시간마다 돌려 주는 것은 기본이었으며, 소환수들을 이용해 레비아를 지켜 주는 것도 이안의 몫이었다.

루가릭스 레어의 지하 4층까지 뚫는 동안 세 사람은 거의 한나절을 전부 소모했다.

하지만 그들의 움직임은 아직까지도 날렵하기 그지없었다.

일반적으로 하루의 절반을 쉴 새 없이 전투하면 녹초가 되는 것이 정상이었는데, 클래스 최고의 랭커라는 이름을 거저 얻은 것이 아니라는 것을 증명이라도 하듯 세 사람은 쌩쌩하게 날아다녔다.

쿠쿵- 쿵!

묵직한 진동음이 울려 퍼지며, 거대한 한 마리의 드레이크가 모습을 드러내었다.

일반 드레이크보다 몸집이 세 배 정도는 커 보이는 새카만 비늘의 드레이크.

그가 숨을 들이마시자, 던전에 깔려 있던 어둠이 드레이크의 입을 향해 모조리 빨려 들어가기 시작했다.

그리고 그 모습을 본 훈이가 놀람과 동시에 안도의 한숨을 내쉬었다.

"카오틱 드레인이잖아? 저 기술을 드레이크 주제에 어떻게 쓰는 거지?"

흑마법사의 스킬들 중에서도, 무척이나 구하기 힘든 귀한 스킬인 '카오틱 드레인'.

범위 내의 모든 어둠의 기운을 빨아들여 자신의 생명력과 마력을 회복하는 기술인 이 카오틱 드레인은, 보통 '카오틱 메이지'라는 언데드 네임드 몬스터에게서 획득할 수 있는 스킬이었다.

훈이도 구하려고 무던히 애썼지만 아직까지 구하지 못했던 스킬이었기에 무척이나 당황한 것이었다.

하지만 이안은 고개를 절레절레 저으며 대답했다.

"카오틱 드레인이 아니야. 카오틱 브레스라고."

"……?"

훈이의 두 눈이 조금 더 확대되었고, 그 순간 드레이크의 입에 검붉은 기류가 뭉쳐지기 시작했다.

그리고 그것을 본 레비아가 반사적으로 스킬을 캐스팅했다.

그녀의 새하얀 날개에서 뿜어져 나오기 시작한 휘황찬란한 광채.

그리고 그 광채가 벽이 되어, 파티의 전면을 보호하기 시작했다.

크롸아아아아!

카오틱 드레이크의 시커먼 브레스가 레비아의 빛의 실드와 맞부딪쳤다.

새하얀 기운과 칠흑 같은 기운이 서로 만난 것이다.

그 결과는, 레비아의 승리였다.

치이익-!

자신의 브레스가 실드에 막혀 증발해 버리자 화가 났는지, 드레이크의 콧구멍에서 시커먼 김이 솟아올랐다.

훈이가 혀를 내두르며 감탄사를 터뜨렸다.

"이야, 이거 왠지 느낌이……. 흡수한 어둠마력에 비례하는 공격계수로 브레스 쏘는 거 같은데?"

훈이의 예리한 분석에, 이안이 씨익 웃으며 고개를 끄덕였다.

"빙고."

만약 훈이가 뒤로 빠지지 않았더라면 그의 어둠 마력까지 카오틱 드래곤에게 흡수되었을 것이고, 그렇게 되면 브레스의 위력도 더 강력했을 것이다.

미리 알고 있었던 이안의 오더가 아니었더라면 레비아의 실드로 막아 내지 못했을 수도 있는 것이다.

"형은 어떻게 알았어?"

훈이의 물음에, 이안이 대수롭지 않게 대답했다.

"노엘이가 알려 줬지. 걔가 드래곤류 몬스터 쪽으로는 이제 완전히 빠삭하잖아. 보니까 거의 백과사전이 다 됐더라고."

"아하, 그랬었지."

드래곤 테이머로 전직한 카노엘은 이안에 비하면 부족하지만 이제 제법 성장한 소환술사가 되어 있었다.

300레벨을 넘긴 지도 오래였으며, 얼마 전에는 330레벨까지 올렸던 것.

3티어의 히든 클래스를 얻은 것이 성장에 도움이 되긴 하였겠지만, 그것을 감안하더라도 정말 장족의 발전이었다.

게다가 그의 첫 번째 드래곤이었던 블랙 드래곤 '오르덴'은 무려 신화 등급으로 진화시키기까지 했으니, 이제는 이안도 카노엘에게 도움받는 부분이 있을 정도였다.

"레비아 님, 라이한테 버프 좀!"

"오케이!"

카오틱 브레스를 뿜어낸 뒤, 역동작에 걸린 드레이크가 늘어뜨린 머리를 다시 허공으로 치켜 올렸다.

그리고 그 틈을 타, 라이가 재빠르게 드레이크의 측면으로 파고들었다.

타탓- 탓-!

압도적인 민첩성 덕에, 속도 하나만큼은 이안의 어떤 소환수보다도 빠른 라이였다.

이어서 라이의 붉은 갈기가 하얗게 물들기 시작했다.

후우웅-!

공격 속성을 빛의 속성으로 바꿔 주며, 일시적으로 공격력을 크게 증폭시켜 주는 레비아의 버프 스킬이 발동되었기 때문이었다.

어느새 새하얀 빛이 뿜어져 나오는 라이의 거대한 발톱.

그런데 그때, 카오틱 드레이크의 두 눈이 붉은 빛으로 타올랐다.

"뿍뿍이, 물의 장막!"

"알겠뿍!"

거북의 모습으로 할리의 등 위에 타고 있던 뿍뿍이가 입을 크게 벌렸고, 그 입에서 파란 물줄기가 뿜어져 나왔다.

그리고 그 물줄기는, 라이와 드레이크의 사이로 쏘아져 커다란 물의 장막을 만들어 내었다.

촤아아아-!

드레이크의 두 눈에서 뿜어져 나온 붉은 빛깔의 광선이 물의 장막에 닿으며 흔적도 없이 사라졌다.

크아아오오!

분노한 드레이크가 울부짖었다.

촤악-!

커다란 물소리와 함께 물의 장막을 뚫고 나온 라이가 새하얀 발톱을 드레이크의 복부에 찔러 넣었다.

콰드득-!

그야말로 완벽한 타이밍에 기습을 성공시킨 라이.

만약 이안에 대한 믿음이 없었다면 절대로 불가능한 타이밍의 공격이었다.

드레이크의 광선 공격을 피하느라 경로를 비틀었더라면, 이렇게 빠르게 접근할 수 없었을 테니까.

키아아악!

드레이크가 고통에 찬 목소리로 울부짖었다.

하지만 이 틈을 놓칠 이안과 훈이가 아니었다.

"어둠의 힘으로……!"

어느새 공격마법을 캐스팅하고 있었던 훈이의 완드에서 거대한 어둠의 파도가 뿜어져 나갔고…….

"할리, 바람의 가호!"

순식간에 뿍뿍이를 등에 멘 이안이, 할리의 등에 올라탄 채 정령왕의 심판을 휘두르고 있었다.

콰아앙-!

그리고 그 순간.

세 사람의 시야에, 수많은 시스템 메시지가 주르륵 떠오르기 시작했다.

-'루가릭스의 레어' 던전 지하 4층의 네임드 보스. '카오틱 드레이크'를 처치하셨습니다.

-'루가릭스의 레어' 던전의 모든 가디언을 성공적으로 처치하셨습니다.

-칭호 '가디언 헌터'가 생성됩니다.

-명성을 15만 만큼 획득합니다.

……중략……

－잠시 후, 루가릭스의 레어 5층으로 이동됩니다.

　세 사람은 빠르게 떠오르는 메시지들을 정신없이 읽어 내려갔다.

　그리고 그 메시지들의 마지막에 떠오른 글귀를 확인한 순간⋯⋯.

　－어둠의 드래곤 루가릭스가 깊은 잠에서 깨어납니다.

　던전 전체에 굉음이 울리며 진동하기 시작했다.

　－조건이 충족되어 '카데스의 구슬' 아이템이 사용됩니다.

　－어둠의 드래곤 루가릭스가 신의 권능을 부여받습니다.

　－어둠의 드래곤 루가릭스의 모든 전투 능력이 50퍼센트만큼 상승합니다.

　－어둠의 드래곤 루가릭스의 모든 어둠 속성 공격이 30퍼센트만큼 강화됩니다.

　이안과 훈이, 그리고 레비아.

　이 세사람이 5층에 들어섬과 동시에 떠오른 메시지들은, 등에 식은땀이 흐를 만한 것이었다.

　'뭐야, 그냥 자동으로 사용되어 버리는 거였어?'

　훈이는 무척이나 긴장한 표정이 되어 속으로 중얼거렸다.

　5층에 올라간 뒤 잠들어 있는 루가릭스를 찾고, 그 뒤에 카데스의 구슬을 사용하면 된다는 안일한 생각을 갖고 있었기 때문이었다.

그런데 카데스의 구슬은 마음대로 사용되어 버렸고, 루가릭스는 깨어나고 말았다.

깨어난 루가릭스의 입장에서 세 사람은 그저 침입자로 밖에 보이지 않는 게 당연했다.

그리고 세 사람이 생각했던 대로, 루가릭스의 분노에 찬 음성이 레어 전체에 쩌렁쩌렁 울려 퍼졌다.

-크아아오, 감히…… 신룡의 레어에 들어와 행패를 부리는 놈들이 있다니!

쿠쿵- 쿠쿠쿠쿵-!

어마어마한 굉음을 내며, 레어 전체가 무너져 내리기 시작했다.

허공에서는 집채만 한 바윗덩이들이 떨어져 내렸고, 장내는 그야말로 아비규환이 되었다.

이안은 침착하게 주변을 둘러보았지만, 아직 어둠의 드래곤 루가릭스의 모습은 보이지 않았다.

'일단 첫 번째 페이즈에서 루가릭스는 등장하지 않는 건가?'

떨어져 내리는 바윗덩이들과 던전 곳곳에서 뿜어져 나오는 어둠의 기운들.

이안은 소환해 놓았던 소환수들 중 민첩성이 낮고 덩치가 큰 빡빡이를 우선 소환 해제하였다.

저 거대한 바윗덩이에 한두 방이라도 맞으면 거의 사망에 이를 텐데, 그럴 바에 조금이라도 빨리 소환 해제해 주었다가 재사용 대기 시간이 돌아오면 다시 소환하는 게 낫기 때문이었다.

콰앙- 콰콰쾅-!

가장 타격이 큰 것은 훈이였다.

훈이 본인은 날렵하게 떨어지는 바윗덩이들을 피해 내었지만, 수많은 언데드 소환물들은 그대로 부서져 버리고 있었던 것이다.

데스나이트와 같은 상위 언데드들은 예외였지만, 일반적으로 언데드들은 움직임이 굼뜬 편이었다.

콰드득- 그드드득!

특히 전체적인 능력치 자체가 낮은 스켈레톤들은 스플레쉬 대미지 만으로도 순식간에 가루가 되어 부서져 내리고 말았다.

"아오, 이런 페이즈가 제일 싫어!"

반면에 가장 여유로운 것은 레비아였다.

새하얀 날개 덕에 허공을 자유자재로 날 수 있는 데다, 이안이나 훈이와 달리 따로 신경 써야 할 소환물도 없었기 때문이었다.

안전지대로 날아오른 레비아가 두 손을 모으며 광역 버프를 영창했다.

"성령의 가호를……!"

후우웅─!

웅혼한 공명음이 퍼져 나가며, 레비아의 양손에서 시작된 하얀 빛 무리들이 파티원들을 향해 쏘아졌다.

그러자 모든 파티원들의 주변에, 하얀 보호막이 형성되었다.

"조금만 더 버텨요! 이제 끝나 가는 것 같아요."

그런데 그때, 뭔가를 발견한 훈이가 전방을 향해 손가락을 뻗었다.

"저, 저기!"

그리고 그곳에는 어느새, 칠흑과도 같은 어둠을 가진 거대한 동굴이 생성되어 있었다.

처음 이 공간에 들어왔을 때는 분명 볼 수 없었던 어두운 동굴.

바위로 만들어진 벽들이 무너져 내리며 그 입구가 모습을 드러난 듯 보였다.

잠시 후, 한 치 앞도 볼 수 없을 정도로 어두컴컴한 칠흑 속에서 한 쌍의 보랏빛이 일렁이기 시작했다.

─재밌군, 재밌어. 의외의 손님들이로군. 한 녀석은 어둠의 군주 임모탈……. 아니, 그의 후예인가? 그의 기운이 느껴지는데.

저벅저벅.

이제는 서서히 잦아들기 시작한 진동 소리의 사이로, 묵직한 발자국 소리가 울려 퍼졌다.

이안은 모든 신경을 곤두세운 채, 소리가 나는 방향을 향해 정신을 집중시켰다.

그리고 상황을 냉정히 파악했다.

'신의 권능인지 뭔지, 미친 버프를 받은 놈이야. 레벨도 최소 450은 넘을 테고. 잘못 싸우면 전멸이다.'

후둑- 후두둑.

한번 씩 들리는 돌가루 떨어지는 소리를 제외하고는, 장내는 이제 완벽히 조용해졌다.

세 사람은 어두운 동공을 향해 시선을 고정시킨 채 언제라도 전투할 수 있도록 스킬들을 체크하고 있었고, 어둠속에서는 일정한 간격으로 발소리가 들려왔다.

'뭐지? 드래곤이라기에는 발소리가 좀 얌전한데? 사람으로 폴리모프 한 건가?'

그리고 이안의 의문이 끝나기가 무섭게, 루가릭스가 천천히 그 모습을 드러내었다.

새카만 흑발에 칠흑 같은 묵빛 갑주를 걸친 묘한 인상의 남자가 두 눈을 묘한 보랏빛으로 빛내며, 이안 일행을 훑어보았다.

-이렇게 과격한 손님은 정말로 오랜만이군.

이어서 입꼬리를 씨익 말아 올렸다.

그리고 그의 목소리에서 퍼져 나오던 웅혼한 공명음도 사라졌다.

"오랜만이다, 인간계의 영웅들이여."

루가릭스는 차원 전쟁 당시 이안 일행을 전부 본 적이 있었다.

그도 그럴 것이 세 사람 모두 차원 전쟁의 마지막 전투까지 남아 있었던 유저들이기 때문이었다.

그리고 다행히도 루가릭스는 세 사람을 기억하는 듯 보였다.

생각보다 일이 쉽게 풀릴 수도 있을 것 같았다.

'하지만 아직 안심할 수는 없어.'

루가릭스의 레벨을 확인한 이안은, 침을 한차례 꿀꺽 삼켰다.

ㅡ어둠의 신룡 루가릭스 : Lv. 500

예상했던 것보다도 어마어마한 레벨을 가진 어둠의 신룡 루가릭스.

만약 일이 잘 안 풀려 전투라도 하게 되면, 승리를 장담할 수 없는 상황이 된 것이다.

이안은 루가릭스와 같은 신룡인 카르세우스를 가지고 있다.

그리고 그와 동급의 능력을 가진 뿍뿍이나 카이자르도 함께하고 있다.

하지만 그렇다고 해도, 레벨 차이와 버프 차이가 너무 심각했다.

현재 이안의 레벨은 370이 조금 못 되는 수준.

소환수들의 평균 레벨은 당연히 그것보다 낮았고, 카르세우스나 뿍뿍이의 레벨도 350 정도였다.

카이자르의 레벨은 400이 넘는 상황이었지만, 상대는 500레벨이다.

게다가 전투력이 50퍼센트 상승한 상황이었으니, 산술적으로 계산해 보더라도 700레벨 이상의 미친 능력치를 가진 보스몬스터라고 보면 되는 것이다.

물론 이안 일행에게도 버프 스킬들은 있었지만 그것까지 감안하더라도 메우기 힘든 차이였다.

세 사람 중 가장 먼저 입을 연 것은 훈이였다.

"난 어둠의 군주, 간지훈이다. 그대가 신룡 루가릭스인가?"

훈이의 입에서 나온 어울리지 않는 묵직한 목소리.

레비아가 이안의 귀에 대고 수근거렸다.

"이안 님, 쟤 지금 AI 빙의한 걸까요? 아니면 본인 연기력일까요."

"그, 글쎄요. 그건 저도 잘……."

일반적으로 카일란에서는 유저가 갑자기 진지한 분위기로 대사를 치기 시작한다면, 그것을 퀘스트의 시작으로 받아들인다.

AI가 빙의되었다고 판단하는 것이다.

하지만 훈이 만큼은 예외였다.

"훈이 님은 나중에 커서 연기자 해도 잘하실 것 같아요."

"동감입니다. 그런데, 레비아 님."

"네……?"

"왜 훈이한테 반말했다 존댓말했다 그러세요?"

"아, 그냥 어쩌다 보니…….'

한편 두 사람이 귓속말로 수근거리는 사이, 훈이와 루가릭스의 대화는 계속해서 이어지고 있었다.

"그렇다. 내가 바로 어둠의 신룡 루가릭스. 한데, 인간계의 영웅들이 이곳에는 어쩐 일인가."

"루가릭스여, 그대의 힘을 빌리고자 이곳에 왔다."

"무슨 일인지 설명해 보라. 아무리 인간계의 영웅들이라 하여도, 납득할 만한 이유를 대지 못한다면 나의 단잠을 방해한 것을 용서할 수 없음이다."

쿵-!

루가릭스가, 등에 메고 있던 시커먼 스태프를 들어 바닥에 내리꽂았다.

그러자 그 주위로, 어마어마한 기의 파동이 퍼져 나갔다.

"흡……!"

세 사람을 향한 명백한 위협.

루가릭스가 살벌한 눈빛으로 훈이를 응시하기 시작했고, 훈이의 말이 천천히 이어졌다.

"리치 킹 샬리언. 그가 다시 나타났다."

"……!"

훈이는 간결하고 명료하게 현 상황에 대해 루가릭스에게 설명했다.

그리고 그것을 본 이안이, 고개를 끄덕이며 레비아에게 말했다.

"이번에는 AI 빙의가 맞는 것 같아요."

"음, 왜죠?"

"훈이 쟤가 저렇게 조리 있게 말을 잘할 리가 없거든요."

"아하."

두 사람이 훈이의 상태에 대해 분석하는 동안 훈이의 설명은 전부 끝이 났고, 루가릭스의 두 눈이 보랏빛으로 일렁이기 시작했다.

"샬리언, 그자가 결국……!"

듣기만 해도 분노가 느껴지는 루가릭스의 목소리.

루가릭스가 분노한 것은, 사실 샬리언이 어둠의 군대를 일으킨 것 때문이 아니었다.

이는 어둠의 신 카데스가 샬리언에 의해 타락했다는 이야기다.

그 부분이 루가릭스의 심기를 크게 건드린 것이다.

카데스는 그의 신이자, 아버지였으니까.

"용서치 않으리라……!"

루가릭스의 몸이 강렬한 보랏빛의 광채로 휩싸인다.

그리고 몸의 형체를 알아볼 수 없을 정도로 강렬한 빛이 뿜어져 나오더니, 그의 실루엣이 점점 커지기 시작했다.

쿠쿵- 쿠쿠쿵-!

루가릭스는 폴리모프를 풀고 드래곤의 본체로 돌아왔다.

-크아아아오!

한차례 커다랗게 포효한 루가릭스가 쩌렁쩌렁한 음성으로 입을 열었다.

-샬리언을 처단하고, 어둠의 질서를 바로잡으리라!

이어서 이안 일행의 눈앞에, 줄줄이 시스템 메시지가 떠오르기 시작했다.

띠링-!

-어둠의 신룡, '루가릭스'를 성공적으로 설득하셨습니다!

-루가릭스가 샬리언에게 분노하기 시작합니다.

-이제부터 신룡 루가릭스가 파티에 합류합니다(단, 리치 킹 샬리언과 관련되지 않은 퀘스트를 진행한다면, 그가 적으로 돌아설 수 있습니다).

시스템 메시지를 확인하고 나자, 내심 마음을 졸이고 있었던 이안이 짧게 한숨을 내쉬었다.

'휘유, 이로써 첫 번째 산은 넘은 건가?'

퀘스트 연계가 성공적으로 이뤄지면서, 어둠의 신이 자신의 탐욕을 위해 루가릭스에게 내렸던 권능이 오히려 리치 킹과 맞서는 데 사용되게 되었다.

그렇다면 이제 남은 것은 빛의 신룡 엘카릭스의 힘을 얻는 것.

'흐흐, 신룡 한 마리를 더 얻을 수 있게 된다 이거지?'

'빛의 신룡 엘카릭스' 퀘스트는, 세 사람 모두에게 발동된 퀘스트이다.

하지만 각자의 퀘스트 보상이 각기 달랐다.

그렇기에 훈이나 레비아는 이안의 보상이 무려 '빛의 신룡' 이라는 사실을 아직 알지 못했다.

"흐흐훗."

이안은 신룡 한 마리를 더 얻을 생각을 하자, 절로 콧노래 를 흥얼거렸다.

그런데 그때, 이안의 눈앞에 생각지도 못했던 시스템 메시 지가 떠올랐다.

띠링-!

-돌발 퀘스트가 발동됩니다.

"……!"

마계에서 몇 번 발동된 이후 정말 오랜만에 발동한 돌발 퀘스트였다.

그런데 이어서 떠오른 퀘스트 창은 이안을 그야말로 경악 할 수밖에 없게 만들었다.

**'어둠의 신룡, 루가릭스 길들이기 (히든)(돌발)'**

당신은 테이밍 마스터다.

그리고 지금까지 테이밍 마스터로서 수많은 소환수들을 길들여 왔다.

그리고 이제 당신은 인간으로서 닿을 수 없는 초월적인 영역에 도전하려 한다.

그것은 바로 '신화적인' 존재를 길들여 소환수로 만드는 것.

이제껏 그 어떤 소환술사도 해내지 못했던 그 일을 해낸다면, 당신은 테이밍 마스터로서의 한계를 한 번 더 극복할 수 있을 것이다.

자, 이제 기회가 주어졌다.

어둠의 신룡 루가릭스를 테이밍하고, 당신의 초월적 능력을 증명하자.

**퀘스트 난이도 : SSSSS**

**퀘스트 조건 :** 350레벨 이상의 소환술사 유저.

　　　　　 '테이밍 마스터' 클래스를 가진 유저.

　　　　　 신화 등급의 소환수, '어비스 드래곤'을 보유한 유저.

　　　　　 '빛의 신 에르네시스를 찾아서' 퀘스트를 클리어 한 유저.

**제한 시간 :** 없음

**보상 :** 신화 등급의 소환수, '루가릭스'

　　　　 히든 클래스 '테이밍 마스터'의 티어 상승.

*공유할 수 없는 퀘스트입니다.


'빛의 신 에르네시스를 찾아서' 퀘스트의 보상 중 하나였던, 테이밍 마스터의 티어 상승 기회.

잠깐 잊고 있었던 그 보상이 생각지도 못했던 방향으로 나타났다.

빛의 신룡, 엘카릭스를 찾아서

Taming Master

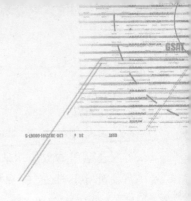

　간단하게 요약하자면, '신룡 루가릭스를 테이밍하라.' 라
는 내용을 담고 있는 돌발 퀘스트.

　하지만 직관적인 내용임에도 불구하고, 이안은 당황하지
않을 수 없었다.

　'아니, 뭐 이렇게 밑도 끝도 없는 퀘스트가 다 있어?'

　이안의 시선이 눈앞에 있는 거대한 드래곤을 향해 다시 움
직였다.

　그 외형만으로도 어마어마한 위압감을 주는, 어둠의 신룡
루가릭스.

　지금의 전력으로는 이기는 것조차 불가능한 이 무지막지
한 녀석을 길들이라는 퀘스트 내용에, 이안은 헛웃음이 나올

지경이었다.

혹시 잘못 본 건 아닌가 싶어, 퀘스트 창을 처음부터 차근차근 읽어 보았을 정도였으니까.

하지만 퀘스트의 내용에는 전혀 이상이 없었다.

'펜타S 등급의 난이도라……. 후, 그나마 시간 제한이 없는 게 다행인 건가?'

만약 시간 제한이 걸려 있었더라면, 이 퀘스트는 아예 클리어가 불가능한 퀘스트였을 것이다.

무려 히든 클래스의 티어 상승이라는 어마어마한 보상을 그림의 떡처럼 쳐다보기만 해야 했을 터였다.

그러나 시간 제한이 없기 때문에, 한 가지 가능성이 생기게 되었다.

리치 킹 샬리언 퀘스트를 진행하면서 루가릭스의 버프가 풀리고 나면 시도해 보는 것이다.

카데스의 버프가 얼마나 오랜 시간 지속될지는 알 수 없으나, 버프인 이상 언젠가는 사라질 것이 분명했으니 말이다.

물론 버프가 풀린다고 해서 '쉽다'라고 말할 만한 것은 아닐 테지만, 적어도 0퍼센트에 수렴했던 가능성이 10퍼센트 정도로는 올라갈 수 있을 듯 보였다.

여기까지 생각이 미친 이안은, 담담한 표정으로 주먹을 불끈 쥐었다.

'좋아. 좋게 생각하자고. 신룡 테이밍에 성공하면 신화 등

급 최초 테이밍 보상도 얻을 수 있겠지!'

이안은 이미 '신화' 등급의 소환수를 둘씩이나 가지고 있다.

신룡인 카르세우스와 어비스 드래곤이자 차원의 중재자인 뿍뿍이.

그럼에도 불구하고, '신화적인' 소환수를 테이밍한 이는 아직 아무도 없다는 이야기가 퀘스트 창에 명시되어 있었다.

그렇다면 이것은 LB사의 실수일까?

답은 당연히 'NO'였다.

이안이 보유하고 있는 신화 등급의 소환수들은 두 녀석 모두 이안이 직접 진화시켜 신화 등급이 된 소환수들이었기 때문이다.

특히나 뿍뿍이는 유일 등급부터 시작하여 신화 등급까지 차근차근 진화한 특별한 케이스.

신화 등급 몬스터의 테이밍은 이안조차도 처음 시도해 보는 하드 코어한 미션이었다.

'휘유, 정말 이름값 하는 히든 클래스 미션이네.'

테이밍 마스터라는 자신의 히든 클래스를 새삼 떠올린 이안이 피식 하고 실소를 흘렸다.

처음 퀘스트를 확인했을 때 떠올랐던 당황스러움은 이제 희석되었고, 반대로 의욕이 넘쳐흐르기 시작했다.

일단 이 퀘스트는 묵혀 둔 채 리치 킹과 관련된 퀘스트를 진행하다 보면, 루가릭스 길들이기에 대한 단서도 얻을 수 있게 될 것 같았다.

그런데 그때, 오만가지 생각을 떠올리던 이안의 상념을 깨우는 훈이의 목소리가 들려왔다.

"형, 이제 뭐부터 해야 하지? 다시 헤인츠 고원으로 가면 되는 건가?"

"어? 자, 잠깐만."

다른 생각을 하던 이안이 당황하여 말을 더듬자, 옆에 있던 레비아가 입을 열었다.

"그전에 해야 할 일이 하나 있잖아요."

그제야 기억난 이안이 고개를 끄덕이며 대답했다.

"아, 맞다! 빛의 신룡 엘카릭스……. 그를 먼저 찾으러 가야 하는군."

이안의 말이 떨어지자, 파티는 다음 일정을 향해 분주히 움직이기 시작했다.

어둠의 신룡 루가릭스도, 다시 새하얀 빛으로 산화하더니 인간 형태로 폴리모프하였다.

그런데 인간형이 된 루가릭스의 모습이 뭔가 좀 달라졌다.

이전에는 조금 우락부락한 느낌을 가진 건장한 사내의 모습이었다면, 이번에는 훈이보다도 훨씬 어려 보이는 사내아이의 모습으로 바뀌어 있었던 것이다.

아역배우를 연상시킬 정도로 무척이나 귀여운 모습을 한 루가릭스.

의아한 표정이 된 이안이 루가릭스를 향해 물었다.

"어, 근데 루가릭스. 왜 아까랑 다른 모습으로 폴리모프된 거야?"

폴리모프라는 마법은, 그 특성상 사실 외형 변화에 대한 제약이 거의 없다고 봐도 무방하다.

루가릭스가 어떤 모습으로 폴리모프하든 사실 놀랄 만한 일은 아니라는 말이다.

하지만 이안이 지금까지 겪어온 바로는 드래곤들이 인간으로 폴리모프할 때에는 항상 같은 모습이었다.

이안의 카르세우스만 하더라도, 항상 같은 모습의 대검전사로 폴리모프했던 것이다.

그러니 이안의 의문은 어쩌면 당연한 것이었다.

대수롭지 않은 궁금증이기는 했지만 말이다.

그런데 흥미로운 것은, 별생각 없이 던진 이안의 질문에 루가릭스가 적잖이 당황한 표정이 되었다는 점이었다.

"아, 그게……."

루가릭스는 몽실몽실한 입을 우물거리며 어쩔 줄 몰라 했다.

그리고 질문에 대한 대답은, 이안의 뒤쪽에 서 있던 카르세우스로부터 나왔다.

"저게 루가릭스의 본 모습이다, 주인."

"응……? 이게 본 모습이라고? 본 모습은 드래곤 아니야?"

"이 세계에 실재하는 형상을 이야기하는 게 아니다. 영혼의 본 모습을 말함이다."

예상치 못했던 흥미로운 이야기에, 어느새 훈이화 레비아도 카르세우스의 이야기에 귀를 기울이고 있었다.

잠시 뜸을 들인 카르세우스가 다시 입을 열었다.

"우리 드래곤에게 폴리모프는, '영혼의 거울' 이라고 할 수 있다."

"영혼의 거울?"

"그렇다. 다른 어떤 형체를 떠올리면 그 형태로도 폴리모프할 수 있긴 하나, 무의식중에 폴리모프 마법을 사용하면 영혼의 모습으로 폴리모프하게 되지."

"아하."

지금의 상황이 대략 이해된 이안의 시선이, 다시 루가릭스를 향해 움직였다.

그리고 간단명료하게 정의를 내렸다.

"그러니까 쟨, 원래 초딩이었다는 거네? 아까는 센 척하려고 다른 모습을 사용한 거고."

이안의 말에 발끈한 루가릭스가 씩씩거리며 대답했다.

"아니다! 난 초딩……이 아니야!"

"너, 초딩이 뭔 줄은 알아?"

"모, 모르지만……! 아무튼 초딩은 아니다!"

"……."

씩씩거리는 루가릭스를 보며, 이안은 어이없는 표정이 되었고 레비아는 피식 실소를 흘렸다.

"자, 어쨌든 이제 움직여 보죠? 여기서 이러고 있기엔 시간이 너무 아깝네요."

그에 이안이 고개를 끄덕이며 걸음을 옮기기 시작했다.

"그러게요. 빨리 움직여야 자기 전에 뭐라도 하나 더 진행하죠."

그리고 이안의 시선이, 다시 루가릭스를 향했다.

"초딩, 너도 빨리 따라와라."

훈이도 괜히 신나서 한마디 거들었다.

"이 형님 뒤만 잘 따라오면 돼, 알겠지?"

루가릭스의 양볼이 크게 부풀어 올랐다.

─아, 이것은 재앙일까요, 아니면 축복일까요?

─그러게 말입니다. 여러분, 이 끝도 없이 밀려드는 언데드들을 보세요! 이 어마어마한 언데드들을 과연 전부 다 막아 낼 수 있을까요?

─막아 낼 수만 있다면 정말 엄청난 축복일 텐데 말이죠. 저는 지금 저 언데드들이 전부 전설 등급의 장비로 보이기 시작했습니다!

─에이, 전설 등급이라뇨. 저 새까만 녀석들 공헌도 전부 다 모으면 신화 등급 무기 상자도 여러 개 뽑을 것 같은데요?

-그, 그렇군요. 신화 등급의 장비 상자는 생각도 해 본 적이 없어서 말이죠, 하핫.


아그작- 아그작!

어둡고 조용한 방 안에 울려 퍼지는 경쾌한 소리.

모니터 앞에 앉은 나지찬이 여느 때처럼 감자칩을 집어 먹으며 인터넷 방송을 시청하고 있었다.

지금은 금요일 저녁 11시.

평범한 사람들이라면 치맥이라도 마시면서 불금을 즐기고 있을 만한 시각.

일주일 내내 카일란 관련 업무를 한 나지찬이었건만, 그는 도대체 질리지도 않는 건지, 집에 오자마자 또 모니터로 카일란 관련 방송을 시청하고 있었다.

"크크, 저게 전부 공헌도로 보이나 보지?"

나지찬이 보고 있는 방송은 유명 인터넷 BJ의 실시간 카일란 중계 영상이었다.

그는 높은 레벨을 가진 BJ는 아니었으나 어지간한 기자들보다도 발 빠르게 움직이기로 유명했기 때문에, 제법 많은 시청자들이 그의 방송을 찾곤 했다.

"빨리 랭커 길드 소속 왕국이나 영지로 도망치는 게 나을 텐데……."

나지찬은 감자칩을 우물거리며 중얼거렸다.

자신이 기획한 시나리오 속에서 유저들이 움직이는 것을 보는 것은, 그에게 있어 무척이나 즐거운 취미생활이었다.

여러 의미에서 말이다.

-어, 잠시만요, BJ님!

-왜 그러시죠?

-이거, 방어선이 벌써부터 뚫리고 있어요!

-오오옷, 시청자 여러분, 저기 보이십니까? 저 거대한 드레이크의 위용! 고스트 드레이크입니다! 카일란에 처음 등장하는 몬스터인 것 같은데요!

나지찬이 작은 목소리로 중얼거렸다.

"지금 고스트 드레이크 보고 감탄할 때가 아닐 텐데……?"

-아니, 이 양반아! 지금 그럴 때가 아니라고! 조금 있으면 방어선 다 뚫리고 우리 죽게 생겼다고!

-자, 잠깐. 잠시만요. 방어선이 다 뚫렸다고요?

-으, 으악! 난 먼저 튑니다! 방송이고 나발이고 일단 살아야겠어!

-잠깐, 잠깐만요!

BJ가 촬영하고 있던 장소는, 콜로나르 대륙 북부에 있는 랭킹 1천 위권대인 길드의 작은 영지.

그가 그곳을 촬영지로 선택한 이유는 간단했다.

언데드 군단이 가장 먼저 밀려들 만한 장소 중 하나를 선택한 것이었다.

애초에 길드 병력이 언데드 군대를 막지 못할 것이라는 생각은 하지도 않았던 것이다.

하지만 그러한 오판은 치명적인 결과로 이어졌다.

끽해야 200레벨 후반 정도로 구성된 길드 방어병력들은 그야말로 추풍낙엽처럼 쓰러지고 말았다.

-으악, 살려 줘!

-제기랄……!

수없이 많은 언데드 군단들은 그야말로 물밀 듯 영지 안으로 밀려 들어왔고, 어두워지는 화면을 본 나지찬은 그대로 ESC 키를 눌러 화면을 꺼 버렸다.

"후후. 이거…… 다른 BJ를 찾아야겠는데?"

순식간에 영지 안으로 난입한 데스나이트들에 의해 BJ가 사망하면서, 방송이 강제로 종료된 탓이었다.

"어디 보자. 로터스 왕국이나 타이탄 왕국 쪽에서 중계하는 BJ는 없으려나?"

싱겁다는 표정을 지은 나지찬은 모니터에 나열된 수많은 채널들을 아래위로 훑기 시작했다.

나지찬이 정말로 원하는 장면은 이런 것이 아니었다.

자신이 직접 구상하여 만든 언데드 군단들과 랭커 유저들간의 전투.

그 화려한 전투 장면을, 나지찬은 한시라도 빨리 구경하고
싶었다.

루가릭스의 레어에서 나온 이안 일행은 간단하게 정비를 마
치고 다시 목적지를 향해 움직였다. 아니, 움직이려고 했다.

"잠깐. 근데 우리 어디로 가는 건데?"

이안의 물음에, 훈이와 레비아의 걸음이 동시에 멈췄다.

그리고 훈이가 대답했다.

"어디로 가긴. 빛의 신룡인지 뭔지 찾으러 가야 한다며?"

"그러니까 어디로?"

"……?"

말문이 막힌 훈이.

곰곰이 생각하던 레비아가 조심스레 입을 열었다.

"빛의 신룡이니까, 아마 빛의 대지에 있지 않을까요?"

그에 이안이 고개를 절레절레 저으며 대답했다.

"빛의 대지는……. 사제 클래스 직업 퀘 중에만 들어갈 수
있는 곳이잖아요? 레비아 님이 그 퀘스트 하실 레벨은 아닌
것 같은데요?"

이안의 반문에 세 사람 사이에는 다시 정적이 맴돌았다.

그리고 잠시 생각하던 이안이 다시 입을 열었다.

"뿍뿍이라면 혹시 알고 있으려나?"

하지만 이안의 말이 끝나기가 무섭게 뿍뿍이가 고개를 저으며 대답했다.

"나도 모른다뿍!"

"너, 다른 신룡들은 잘 찾아냈잖아."

"어느 정도 근처에라도 가야 신룡의 기운을 느낄 수 있뿍! 여기서는 엘카릭스의 기운이 전혀 느껴지지 않는다뿍."

"으음……."

그런데 그때, 잠자코 있던 훈이가 뭔가 생각이라도 난 듯 손뼉을 탁 하고 치며 입을 열었다.

"어, 잠깐!"

"응? 왜 그러는데?"

"생각해 보니까, 이 산맥 이름이 루가릭 산맥이었잖아."

"그랬지."

"그럼, 혹시……. 엘카릭스의 레어가 있는 곳은 엘카릭 산맥이 아닐까?"

"어……?"

단순하기 그지없지만, 제법 그럴싸한 훈이의 추론이었다.

심지어 엘카릭 산맥은 북부 말라카 대륙에 버젓이 존재하는 곳이었다.

과거 이안이 드래곤 테이머 '오클리'를 만났던 곳에서 조금 더 북쪽으로 올라가면 존재하는 산맥이었던 것이다.

레비아도 얼떨떨한 표정으로 고개를 끄덕이며 대답했다.

"마, 맞는 것 같은데요?"

"그러게요. 왠지 맞는 것 같······."

그리고 자신의 추리력에 감탄한 훈이가 거만한 표정으로 완드를 치켜들었다.

"크하하, 아직 죽지 않았군! 이 간지훈이 님의 추리 실력!"

"······."

레비아와 이안은 동시에 고개를 절레절레 저으며 훈이를 쳐다보았다.

그런데 그때, 훈이의 옆에 있던 루가릭스가 한 술 더 뜨며 추임새를 집어넣었다.

"과연, 놀랍군. 역시 어둠의 군주란 말인가!"

훈이와 루가릭스의 듀오에 할 말을 잃어버린 이안은, 말없이 북쪽을 향해 걸음을 옮기기 시작했다.

그리고 그 뒤를 레비아가 조용히 따라붙었다.

그들의 목적지는, 말라카 대륙 북쪽에 있는 엘카릭 산맥이었다.

북부 대륙인 말라카 대륙.

카일란의 첫 번째 신규 업데이트와 함께 오픈되었던 신대륙인 말라카 대륙은, 이제는 오픈한 지 벌써 일 년도 넘게 지난 곳이었다.

때문에 거의 99퍼센트 이상 유저들에 의해 개척된 지역이었고, 엘카릭 산맥을 찾는 것은 어려운 것이 아니었다.

심지어 훈이는, 실제로 퀘스트 때문에 엘카릭 산맥에 가 본 경험도 있었으니 말이다.

북부대륙의 가장 북쪽에 위치한 영지로 귀환석을 사용한 이안 일행은, 곧장 엘카릭 산맥을 향해 움직이기 시작했다.

마을을 나선 이안이 훈이에게 물었다.

"훈아, 엘카릭 산맥까지 가려면 시간이 어느 정도 걸리지?"

"글쎄. 그때랑 지금이랑 상황이 다르니 정확히 예측할 수는 없겠지만……. 그땐 한 3~4시간 걸렸던 것 같아."

"헐, 그렇게나 오래 걸린다고?"

"응. 정말 북부 대륙 끝자락에 있거든. 하지만 그땐 북부 대륙 몬스터들을 힘겹게 사냥해야 했던 레벨이고, 지금은 그 절반 정도의 시간이면 갈 수 있지 않을까?"

"흠, 1시간 내로는 가고 싶은데."

"빨리 가서 뭐하게?"

"경험치도 거의 못 먹는 구간에서 쓸데없이 시간낭비하기 싫잖아."

"……."

이안은 핀과 카르세우스, 뿍뿍이 등.

날 수 있는 모든 소환수들을 동원하여 일행을 탑승시켰다.

그리고 최대한 빠른 속도로 엘카릭 산맥을 향해 날기 시작했다.

등장하는 몬스터들의 레벨이 보통 100레벨 초반.

아무리 높아 봐야 200레벨이 채 되지 않는 북부 대륙에서 시간을 낭비하고 싶지 않았던 것이다.

하지만 20여 분 정도만에, 이안은 자신의 생각이 잘못되었음을 깨달을 수 있었다.

"뭐야, 여기 몹들 상태가 왜 이래……?"

100레벨 초중반 정도 되는 몬스터들이 등장하는 초입 부분이 끝나고 나자, 느닷없이 300레벨대 몬스터들이 등장하기 시작한 것이다.

지금껏 듣도 보도 못한 수많은 언데드 몬스터들이, 북부대륙의 필드를 점령하고 있었던 것이다.

"아무래도 리치 킹의 영향인 것 같은데?"

훈이의 물음에 이안이 난감한 표정으로 고개를 끄덕였다.

"그러게. 우리가 퀘스트 진행하는 동안 또 무슨 일이 있었나?"

지금까지처럼 무시하고 지나가기에는, 제법 강력해 보이는 몬스터들의 전력.

핀의 등에 타고 있던 레비아가 이안을 향해 물었다.

"이안 님, 어떡할까요? 여기부터는 가고일들 때문에 그냥 무시하고 날아가기도 힘들 것 같은데요?"

이안의 시선이 레비아가 가리킨 곳을 향해 움직였다.

그리고 그곳에는, 수많은 스노우 가고일들이 이안 일행을 향해 날아오고 있었다.

카르세우스의 위에 올라선 이안이 천천히 고개를 끄덕이며 레비아의 말에 대답했다.

"아무래도…… 잡으면서 지나가야 할 것 같네요. 공헌도 쌓을 겸, 여기부턴 사냥하면서 뚫어 보도록 하죠."

"오케이! 그렇다면……!"

핀의 등에 앉아 있던 레비아가 허공으로 도약하며 하얀 날개를 활짝 펼쳤다.

그리고 두 손을 가슴에 모으며 빛의 마법을 영창하기 시작했다.

"빛의 여신, 아르네시스 님의 이름으로…….”

후우웅-!

하얀 빛이 레비아의 전신을 감싸고 휘몰아치기 시작한다.

이어서 잠시 후, 어두운 북부 대륙의 구름 사이사이로 수없이 많은 하얀 섬광이 뿜어져 내려왔다.

크악, 크아아악-!

키에에엑!

사제 클래스의 최상위 티어 광역 스킬 중 하나인 홀리 레인Holy rain.

본래는 다수의 아군들을 한 번에 회복시킬 때 사용하는 광역 힐링 스킬이었지만, 이렇게 언데드들을 상대로는 최고의 광역 공격 스킬이 되는 것이 바로 이 홀리 레인 스킬이었다.

그리고 현존 최강의 사제라고 할 수 있는 레비아의 홀리레인은, 300레벨대의 언데드 몬스터들을 쑥대밭으로 만들어 놓기에 충분했다.

특히 허공을 날던 가고일들의 경우, 구름 사이로 떨어져 내려오는 섬광에 직격당하여 그대로 소멸해 버린 녀석들도 적지 않았다.

"자, 그럼…… . 전부 쓸어 담아 볼까?"

카르세우스의 위에서 도약한 이안이, 몬스터들을 향해 뛰어 내렸다.

레비아처럼 날개가 있는 것이 아님에도, 이안은 제법 높은 높이에서 망설임 없이 뛰어내렸다.

누가 봤더라면 당황스러울 정도로 위험천만한 행동이었지만, 이안의 일행은 전혀 놀라지 않았다.

이안이 소환할 수 있는 소환수 하나를 알고 있었기 때문이었다.

키히이이잉-!

날카로운 울음소리를 내며 한 마리의 흑마가 허공에 소환되었다.

그리고 이안이 그 위에 오르는 순간, 칠흑같이 새카만 날개가 허공에 좌악 펼쳐졌다.

―소환수 하르가수스의 고유 능력, '강하降下' 스킬을 사용합니다.

―잠시 동안 모든 피해를 무효화시킵니다.

바닥에 착지하기 직전, 강하 컨트롤로 언데드들의 모든 공격을 흡수해 낸 이안이 금빛 창을 휘두르기 시작했다.

그리고 어느새 지상으로 내려온 훈이와 레비아도 몰려드는 언데드들을 능숙하게 상대했다.

"일어나라, 어둠의 아들들이여!"

"빛의 가호!"

원래 흑마법사와 사제는 함께 파티 사냥 하는 것이 무척이나 까다로운 클래스였다.

PK 모드가 아닌 이상 서로 피해를 주거나 하지는 않으나, 같은 대상에게 빛 속성과 어둠 속성의 버프가 동시에 걸리지 않기 때문이었다.

물론 디버프 또한 마찬가지. 만약 빛 속성의 상태 이상이 걸려 있는 대상에게 어둠 속성의 상태 이상을 시전하면, 이전에 있던 것이 덮여 버리는 방식이었다.

특히 흑마법사의 경우 어둠 속성의 표식을 부여하여 연계 마법을 시전하는 스킬이 많았는데, 사제 클래스의 광역 스킬로 인해 표식들이 사라져 버리면 곤란한 상황이 발생하게 되는 것이다.

때문에 손발이 맞지 않는다면 전투가 꼬이기 십상이었지만, 레비아와 훈이에게는 해당 사항 없는 이야기였다.

쾅- 콰쾅-!

어쨌든 본격적으로 전투를 시작한 이안 일행은 빠른 속도로 언데드들을 공략해 나가기 시작했다.

적들의 숫자가 셀 수 없이 많기는 했지만, 그래도 30분 내로는 전부 정리할 수 있는 수준이라 판단되었다.

'뭐, 공헌도도 제법 쌓이는 것 같고. 이런 꿀 같은 사냥터라면 딱히 시간이 아까울 것도 없지.'

시야 한쪽 구석에 계속해서 떠오르는 시스템 메시지를 보며, 이안의 입가에 만족스러운 미소가 떠올랐다.

그런데 그때였다.

콰아아아-!

쉴 새 없이 창을 휘두르던 이안은, 뒤쪽에서 어마어마한 기의 파동이 휘몰아치는 것을 느꼈다.

"······!"

이안은 반사적으로 뒤를 돌아보았고, 놀랄 수밖에 없었다.

거대한 날개를 펼친 루가릭스가, 지상을 향해 브레스를 뿜어내고 있었기 때문이었다.

키아아아악-!

어마어마한 위용을 자랑하는, 칠흑같이 새까만 드래곤 브레스.

마치 해일처럼 밀려드는 그 브레스가 전장을 뒤덮기 시작하자, 셀 수 없을 정도로 많았던 설원의 언데드들이 그대로 녹아내리고 말았다.

일반 등급의 스켈레톤들부터 시작해서 영웅 등급인 듀라한까지.

300레벨대의 수많은 언데드들이 녹아내리는 광경은 장관이라 할 만한 것이었다.

그리고 눈앞에 떠오르기 시작한 시스템 메시지들은 덤이라고 할 수 있었다.

-파티원 '루가릭스'가 '스켈레톤 워리어'를 성공적으로 처치했습니다!

-경험치를 5,970,981만큼 획득합니다.

-파티원 '루가릭스'가 '스켈레톤 메이지'를 성공적으로 처치했습니다!

-경험치를 6,951,209만큼 획득합니다.

-파티원 '루가릭스'가 '다크 레이스'를…….

경험치 자체를 많이 주는 몬스터들이 아닌 데다 파티원이 많아 경험치가 분산됨에도 불구하고, 한 번에 어마어마한 양의 경험치 게이지가 차올랐다.

딜탱 구분 없이 모조리 녹여 버리는 루가릭스의 브레스에, 이안 일행은 말문이 막히고 말았다.

들어오는 공헌도와 경험치를 보면 덩실덩실 춤이라도 춰야 하는 게 정상이었지만, 뭔가 알 수 없는 위화감이 밀려오는 느낌이었다.

스킬을 연계해 가며 화려한 컨트롤(?)을 선보이던 것이, 마치 루가릭스의 앞에서 재롱잔치를 한 것 같아 무안할 지경이었다.

언데드들을 몰살시킨 루가릭스가 흡족한 미소를 지으며 어깨를 쭈욱 펼쳤다.

-크큭, 허약한 인간들. 이것이 신룡님의 힘이다!

심지어 루가릭스는 초딩이었다.

현재 카일란의 한국 서버에는 천 단위가 넘는 수많은 길드들이 존재한다.

물론 이름뿐인 길드까지 합하자면 만 단위 이상으로 늘어나겠지만, 어느 정도 구색은 갖춘 길드들만 추려 보았을 때 그렇다는 이야기다.

그중에서 영지를 갖고 있는 길드만 따져도 대충 칠팔백 곳 정도.

그리고 지금, 그 수많은 영지들이 동시에 전시체제에 들어갔다.

이는 카일란이 오픈한 이래로 단 한 번도 없었던, 어마어마한 사건이었다.

당연한 얘기겠지만, 카일란 공식 커뮤니티에서는 난리가

났다.

게다가 언데드 군단에 의해 사망한 유저들이 전부 커뮤니티에 모여 들었으니, 트래픽이 평소의 몇 배 수준으로 상승할 지경이었다.

－님들, 지금 점령당한 길드 영지만 벌써 오십 군데가 넘었다는데요?

－ㅇㅇ 아마 이대로 반나절만 지나면, 백 군데 정도는 그대로 리치 킹 손에 넘어갈 듯.

－이거 에피소드 난이도가 좀 너무한 거 아님? 초보 유저들은 사냥 어떻게 하라고 대륙 전체를 언데드로 뒤덮어 버린 거지?

－윗 님, 초보 유저들은 별로 걱정할 필요 없을 듯해요. 보니까 150레벨 이하 사냥터는 언데드들이 다 피해 가더라고요.

－아, 그래요?

－넵. LB사에서 그 정도는 배려해 준 듯.

여기저기서 우려의 목소리가 빗발쳤지만, 이 순간 가장 피해를 많이 보고 있는 것은 중소 길드들이었다.

300레벨대의 언데드 군단들을 막아 낼 힘이 없는 그들로서는, 자신들의 영지가 쑥대밭이 되는 것을 그저 지켜봐야 했기 때문이었다.

물론 언데드 군단을 막아 내지 못한다고 해서 영지를 잃는 것은 아니다.

하지만 한번 언데드들이 쓸고 지나가면, 영지의 인구가 절반 이하로 줄어들고 각종 시설물들이 전부 파괴되어 버리니, 피해가 이만저만이 아니었다.

물론 중소 길드들 중에서도, 큰 피해 없이 영지를 지켜내고 있는 경우도 있었다.

그들은 바로, 로터스와 같이 왕국을 선포한 최상위 길드들에게 소속된 길드들이었다.


–크으, 이번 에피소드 개꿀!

–엥? 에이나스 님, 흑풍 길드 길마 아니셨나요?

–맞아요.

–거기는 지금 피해 없어요? 흑풍 길드 수준이면 이번 언데드 웨이브 막아 낼 방법이 없을 텐데?

–후후, 이래서 사람은 줄을 잘 서야 하는 겁니다.

–네……?

–우리 길드 지난달부터 로터스 왕국 소속으로 들어갔거든요. 그래서 지금 완전 꿀 빨고 있어요. 로터스 왕국군이 와서 다 막아 주고 있거든요.

–오오.

–지금 언데드 군단 덕분에 공적치만 어마어마하게 쌓는 중임.

–헐, 대박. 겁나 부럽네요.


수많은 카일란의 영지들은 그야말로 혼돈에 빠져 있었다.

하지만 시간이 지나고 상황이 파악되자 전장에도 체계가 잡히기 시작했다.

최강의 전력을 갖고 있는 로터스 왕국이나 타이탄 왕국 같은 곳은 언데드 군단을 막아 내는 것은 물론 한 번씩 역공을 시도했다.

언데드 군단이 창궐하는 근거지를 역으로 공격하는 것이다.

특히 '엘리카 왕국'과 절반에 가까운 국경이 맞닿아 있는 로터스 왕국은, 거의 전면전이라 보아도 무방했다.

엘리카 왕국의 국교는 '카데스 교'였고, 어둠의 신을 섬기는 왕국들이 바로 수많은 언데드 군단의 근거지였기 때문이었다.

그렇게 만으로 하루 정도가 지났을까?

드디어 로터스 왕국에서 공식적으로 전쟁을 선포하였다.

그 대상은 물론 '엘리카 왕국'이었다.

쾅-!

로터스 왕국의 왕성.

국왕의 집무실 탁상 옆에 선 헤르스가 금빛 서신에 도장을 찍었다.

그리고 도장이 찍히자마자 서신에서 광채가 뿜어져 나오

더니 하얀 가루가 되어 허공으로 흩어졌다.

"이걸로 된 건가?"

헤르스는 작은 목소리로 중얼거렸다.

그리고 그 말이 끝나기가 무섭게 헤르스의 시야에 시스템 메시지가 떠올랐다.

–로터스 왕국, 국왕의 옥새를 사용하셨습니다.

–왕국 전체에 '왕명王命'이 발동합니다.

–엘리카 왕국에 정식으로 선전포고를 하셨습니다.

–이제부터 로터스 왕국은 엘리카 왕국 소속의 모든 유저들과 NPC들을 PVP 패널티 없이 공격할 수 있습니다.

–이제부터 왕국의 상태가 '전시 상황'으로 설정됩니다.

–'징병' 탭을 이용하여 100레벨~200레벨의 유저, 혹은 NPC를 병사로 징집할 수 있습니다.

–현재 징병 가능한 최대 인원 : 54,250

–병사 징집 시, 매일 Lv×20 만큼의 골드를 봉급으로 지불해야 합니다(유저를 징병할 시, 매 시간마다 Lv×15 만큼의 봉급을 플레이 타임에 비례하여 자동으로 지불합니다).

–징병할 병사의 인원을 설정하십시오.

주르륵 떠오른 시스템 메시지들을 읽어 내려가던 헤르스는 일단 징병 인원을 최대치까지 맞춰 보았다.

"최대 인원을 징병한다."

그러자 이어서 시스템 메시지가 떠올랐다.

─징병할 병력의 유저/NPC 비율을 설정해 주십시오.

메시지를 본 헤르스가 잠시 고민에 빠졌다.

'유저가 확실히 병사들보다 낫기는 한데…….'

십인장 이상으로 올라가면 조금씩 달라지기는 하지만, 일반 병사들의 경우 같은 레벨의 유저가 가진 전투력의 절반도 갖지 못하는 것이 보통이었다.

기사 정도까지 올라가야 NPC도 평범한 유저들과 동등한 힘을 보여 주는 것이다.

게다가 이런 대규모 전쟁에서는 병사 NPC의 부족한 인공지능에 비해 똑똑한 유저들이 훨씬 도움이 된다.

유저들에게 지불해야 할 비용이 NPC에 비해 월등히 높은 것을 감안하더라도, 충분히 고용할 가치가 있었다.

"흐음……."

잠시 턱을 만지작거리던 헤르스가 다시 입을 열었다.

"유저 20퍼센트 NPC 80퍼센트로 맞춘다."

총 5만 명 중 20퍼센트면, 무려 만 명이나 되는 유저를 징집하겠다는 이야기다.

아니나 다를까, 시스템 메시지가 불가능함을 알려 왔다.

─현재 로터스 왕국에 거주 중인, 징병 가능한 유저의 숫자는 5,798명입니다.

─유저 비율을 더 줄여야 합니다.

헤르스가 뒷머리를 긁적이며 다시 입을 열었다.

"그럼…… 10퍼센트?"

—징집 가능한 비율입니다.

—결과를 산출합니다.

—예상 소모 비용 : 288,742,450 골드(대략적인 수치이므로, 10퍼센트 정도 변동될 수 있습니다).

—징집 비용에는 식량과 병장기 등 모든 소모비용이 전부 포함됩니다.

—징집을 진행하시겠습니까?

하루에 억 단위가 넘어가는 징집 비용을 확인한 헤르스가, 잠시 멈칫했다.

"으, 뭐 이렇게 징집 비용이 비싼 거야?"

사실 징집 비용은 결코 비싸다고 할 수 없는 것이었다.

왕국에서 매달 걷히는 세금이, 이제 500억 골드를 훌쩍 넘어서고 있었으니 말이다.

처음 왕국을 건설했을 때와 비교하더라도 두 배 이상 상승한 수치였다.

그렇기에 한 달 내내 전쟁을 하더라도, 한 달 치 세금이면 거의 메울 수 있는 수준이었다.

물론 전쟁 비용으로 세금이 전부 다 쓰이게 되면, 국가 성장이 멈추게 된다는 리스크가 있기는 하지만 말이다.

또, 징집되는 유저의 입장에서 생각해 보면 적은 돈이기도 했다.

시급으로 따지자면 2~3천 원밖에 되지 않는 것이다.

봉급 말고도 명성이나 아이템, 전쟁 공헌도 등 추가로 챙길 수 있는 전리품이 없었다면 아무도 지원하지 않았으리라.

잠시 고민하던 헤르스가, 결국 고개를 끄덕이며 징집을 진행했다.

"그래, 뭐……. 전쟁에서 이기기만 하면, 전쟁자금으로 쓴 골드의 몇 배 이상은 벌어들이고도 남을 테니까."

헤르스의 말은 절대로 과장이 아니었다.

만약 로터스 왕국이 전쟁에서 대승하여 엘리카 왕국을 집어삼킬 수만 있다면, 단숨에 국가의 덩치가 두 배로 거대해지는 것이다.

물론 전쟁이 끝난 직후에는 복구 작업에 어마어마한 세금이 들어가겠지만, 장기적으로 보면 두 배 이상의 세금이 걷히게 될 터.

이것은 왕국을 넘어 제국으로 성장하기 위한 훌륭한 밑거름이 될 터였다.

"그나저나, 이안 이 녀석은 국왕이라는 놈이 대체 어딜 쏘다니고 있는 거야? 이렇게 중요한 순간에……."

전쟁에 드는 비용을 최소화하기 위해서라도 이안의 존재는 필수적이었다. 하루라도 빨리 전쟁을 끝내야 피 같은 세금이 조금이라도 덜 들어갈 것 아닌가.

그리고 이안과 함께하면 뭔가 심리적으로 안정감이 생기는 것은 덤이었다.

"어휴, 이 옥새 다시 돌려주든가 해야지."

헤르스는 오른손에 들려 있던 황금빛 옥새를 보며 투덜거렸다.

옥새를 위임하는 것은 국왕으로서의 권한을 전부 양도하는 것과 다를 게 없었다.

때문에 이안이 빌려줄 때는 좋다고 받았었는데, 지금 생각해 보니 귀찮은 일들을 모조리 떠넘기려 했던 것이 분명했다.

"으으……. 이건 쓸데없이 뭐 이리 복잡한 거야?"

국가 대 국가의 전쟁은, 영지전과 또 다른 차원의 규모를 가지고 있었다.

때문에 내정 파트에서도 설정해야 할 것이 태산 같았고, 헤르스는 울상이 된 표정으로 계속해서 국정을 보기 시작했다.

그렇게 거의 1시간 정도가 지났을까?

띠링-!

-'출정'을 위한 모든 준비가 완료되었습니다!

-출정하시겠습니까?

드디어 모든 준비가 완료되었고, 로터스 왕국과 엘리카 왕국의 본격적인 전쟁이 시작되었다.

북부 대륙의 북쪽으로 올라갈수록, 언데드들의 숫자는 더 많아졌고 레벨은 더 높아졌다.

때문에 이안 일행은 적잖이 고생을 했으나, 결국 북쪽 끝에 있는 엘리카 산맥까지 도달할 수 있었다.

띠링-!

-'엘리카 산맥'에 입장합니다.

간결하게 떠오르는 한 줄의 시스템 메시지에 훈이가 작은 목소리로 투덜거렸다.

"어휴, 무슨 북부 대륙 뚫는 게 이렇게 힘들어?"

그에 레비아가 맞장구치며 대답했다.

"그러게 말이에요. 이 정도면 거의 헤인츠 고원이랑 비교해도 될 수준 아닐까요?"

레비아의 말은 전혀 과장이 아니었다.

엘리카 산맥 근처에 다다랐을 때는, 정말 400레벨에 가까운 언데드들도 심심치 않게 보일 수준이었으니 말이다.

게다가 그 숫자가 어마어마해서, 어떤 때는 오히려 헤인츠 고원이 쉽겠다는 생각이 들 정도였다.

어느새 사내아이의 모습으로 폴리모프한 루가릭스가 두 사람의 대화에 끼어들었다.

"크큭, 그대들은 내가 아니었으면 여기까지 오지도 못했으리라, 후후."

그에 이안이 피식 웃었다.

루가릭스가 없었더라도 엘리카 산맥에 올 수는 있었겠지

만, 그의 도움이 적지 않았던 것이 사실이니 딱히 반박하지
않은 것이다.

하지만 그때, 훈이가 루가릭스의 주장을 속사포처럼 반박
했다.

"아닌데? 아닌데, 아닌데!"

그야말로 아무런 논리적 근거도 없는, 유치하기 짝이 없는
대응.

하지만 루가릭스는 적지 않은 타격을 입었는지 무척이나
분한 표정이 되어 있었다.

"크흑!"

이안과 레비아가 어이없는 표정으로 둘을 번갈아 응시했
고, 훈이는 의기양양한 표정이 되었다.

이안이 레비아에게 조용히 메시지를 보냈다.


–쟤들 대체 뭐 하는 걸까요?

–그, 글쎄요. 저도 잘······.


그 뒤로도 루가릭스와 훈이는 티격태격했지만, 일행은 별
탈 없이 엘카릭 산맥을 탐색하기 시작했다.

하지만 산맥 자체가 워낙 넓은 탓에, 엘카릭스의 레어를
찾기는 쉽지 않았다.

그렇다고 소환수들을 분산시켜 한 번에 넓은 범위를 수색

할 수 있는 것도 아니었다.

산맥 여기저기에도 강력한 언데드들이 많이 깔려 있었기 때문이다.

지금 이안의 일행 중 유일하게 홀로 정찰 임무를 수행할 수 있는 존재.

이안은 카카에게 명령을 내렸다.

"카카, 정찰 좀 부탁할게. 엘카릭스의 레어 좀 찾아 줘."

"알겠다, 주인. 찾게 되면 어둠의 군주를 통해 시야를 공유하도록 하겠다."

"부탁해!"

카카를 서쪽으로 보낸 이안 일행은 동쪽 지대를 탐색하기 시작했다.

그런데 30분 정도가 지났을 때, 이안은 뭔가 이상함을 느꼈다.

"음, 왜 이쪽으로 갈수록 언데드 숫자가 줄어드는 거지?"

이안의 의문에, 훈이가 대수롭지 않은 표정으로 대꾸했다.

"그게 왜? 몬스터 줄어들면 탐색 속도 빨라져서 좋은 거 아니야?"

훈이에게 삐진 루가릭스가 틱틱거렸다.

"이안은 지금 리치 킹의 군대와 싸우고 싶은 거다, 겁쟁이 어둠의 군주 놈아!"

"아닌데? 아닐 건데!"

"우쒸!"

한편 티격태격하는 둘과는 별개로 이안의 머릿속에는 한 가지 가설이 떠오르고 있었다.

'혹시……. 이 수많은 언데드들이 엘카릭스의 알을 지키고 있었던 건 아닐까?'

가설을 떠올린 이안은 지금까지 북부 대륙을 돌파하면서 있었던 전투들을 되새겨 봤다.

'생각해 보면, 엘카릭 산맥으로 향하는 방향에만 언데드들 이 계속 등장했었어.'

물론 북부 대륙 전체적으로 리치 킹의 군대가 젠되어 있기 는 했었다.

하지만 그들은 대부분 북부 대륙에서 사냥하는 유저들의 수준으로도 충분히 상대할 만한 수준의 언데드 몬스터들이 었다.

그런데 유독 엘카릭 산맥으로 향하는 맵에만 수준 높은 언 데드들이 그 길목을 지키고 있었던 것이다.

'이거 왠지 맞는 것 같은데? 엘카릭 산맥으로 들어오기 직 전에는, 정말 여기가 헤인츠 고원인 줄 착각할 정도였으니 말이야.'

그리고 이 가설이 맞다면, 지금 이안 일행이 길을 잘못 들 었다는 결론을 도출할 수 있었다.

리치 킹의 군대들이 엘카릭스의 레어를 지키고 있는 것이라면, 레어의 근처로 갈수록 더 강력한 언데드들이 많이 포진해 있을 테니 말이다.

'내 감을 한번 믿어 보자.'

생각을 정리한 이안이 일행을 향해 입을 열었다.

"이쪽은 아닌 것 같아."

그리고 밑도 끝도 없는 뜬금없는 이야기에, 훈이와 레비아가 동시에 되물었다.

"응……?"

"네? 왜요?"

하지만 이안이 그 이유에 대해 설명하기 시작하자, 두 사람 모두 납득한 표정이 되었다.

"오……! 그렇게 생각할 수도 있겠네."

"그러네요. 저도 왠지, 이안 님 가설이 맞을 것 같은데요?"

그리고 지금까지 심통 난 표정을 하고 있던 루가릭스도, 어느새 흔들리는 눈빛을 한 채 이안을 응시하고 있었다.

"또, 똑똑한 인간이다! 어떻게 그런 생각을……."

거의 제갈공명의 환생을 보기라도 한 듯, 입을 쩍 벌린 채 이안의 추리에 감탄하는 루가릭스였다.

그렇게 이 단순하기 짝이 없는 파티원들은, 이안의 그럴싸한 가설에 매료되어 다시 서쪽으로 움직이기 시작했다.

그리고 이안의 가설이 정말 맞는 것인지, 서쪽으로 갈수록 등장하는 언데드들의 숫자가 기하급수적으로 많아졌다.

처음 1시간 정도는 빠르게 이동했지만, 갈수록 이동 속도가 느려진 것이다.

엘카릭 산맥에 진입한 지 3시간 정도가 지났을 무렵, 이안은 의구심이 들기 시작했다.

'그나저나 카카 이 녀석은 왜 아직도 소식이 없는 거지? 만약 동쪽이 맞았다면, 지금쯤 뭐라도 발견했어야 하는 시간인데……?'

이안은 고개를 갸우뚱하며 훈이를 향해 시선을 돌렸다.

카카에게 연락이 온 것은 아니었지만, 시야 공유를 써 보려는 것이다.

그런데 이안이 입을 열려던 그 순간…….

-노예 '카카'가 치명적인 피해를 입었습니다!

-카카의 생명력이 전부 소진되어 사망했습니다.

-사망한 노예는, 72시간이 지난 뒤에 다시 소환할 수 있습니다.

"……!"

그야말로 생각조차 하지 못했던 시스템 메시지가 떠올랐고, 당황한 이안의 두 눈이 커다랗게 확대되었다.

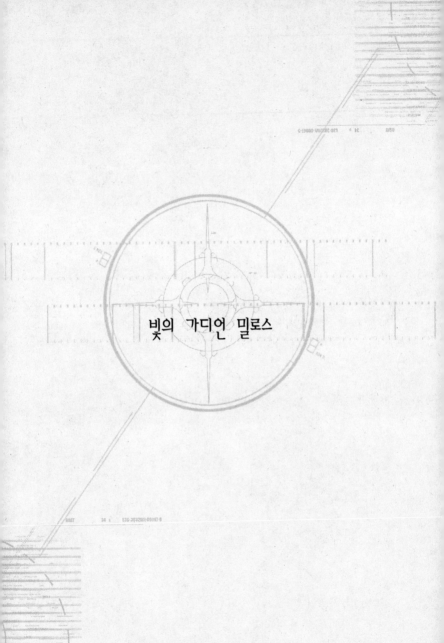

빛의 가디언 밀로스

Taming Master

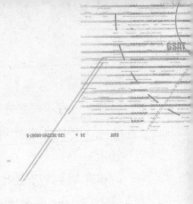

소환수가 사망하면, 유저와 마찬가지로 24시간 후에 재소환이 가능해진다. 하지만 노예나 가신의 경우는 다르다.

사망한 가신은 일주일이 지나야 영지에서 부활하게 되며, 노예는 사흘이 지나야 다시 소환이 가능하다.

때문이 지금 카카가 사망한 것은 이안에게 적잖은 타격이었다.

'으, 앞으로 상대해야 할 언데드가 산더미같이 많은데, 3일이나 카카 없이 싸워야 한다니…….'

빛 속성의 공격을 제외한다면, 카카를 해할 수 있는 것은 없다. 하지만 반대로 빛 속성의 공격에 한 없이 속수무책인 존재가 바로 카카였다.

한데 카카가 찾으러 간 존재가 바로 빛의 신룡 엘카릭스였으니, 카카가 사망한 이유에 대해 어렴풋이 알 수 있을 것 같았다.

'내가 너무 안일했어. 빛의 신룡이 아직 알 상태일 것이라 생각해서 카카를 보냈던 거였는데…….'

빛의 신룡이 알 상태일지언정 그 알이 잠들어 있는 곳은 신룡의 레어다.

아니, 아직까지 레어 안에 신룡의 알이 있을지 확신할 수도 없겠지만, 어쨌든 카카가 찾아간 곳은 다른 곳도 아닌 빛의 신룡의 레어인 것이다.

그리고 루가릭스 레어의 경우를 보면 알 수 있겠지만, 드래곤의 레어에는 어떤 위험이 도사리고 있을지 모른다.

하물며 빛의 신룡의 레어라면, 카카가 비명횡사한 것도 이해할 수 있었다.

생각을 정리한 이안이 입을 열었다.

"이쪽이 맞는 것 같습니다."

그에 레비아가 바로 되물었다.

"네?"

"카카가 죽었거든요."

"……?"

"카카가 엘카릭스의 레어를 찾은 것 같습니다. 카카를 해칠 수 있는 존재는, 빛 속성을 가진 존재뿐이니까요."

"아⋯⋯."

이안의 말을 이해한 일행은 고개를 끄덕였고, 더욱 빠르게 움직이기 시작했다.

갈수록 언데드들은 많아졌고 강력해졌지만, 확신이 생긴 이상 이안 일행은 거침없이 움직였다.

그리고 그렇게 2~3시간 정도를 움직인 끝에, 그들은 엘카릭스의 레어를 찾아낼 수 있었다.

새하얀 설산의 바위벽에 있는 아담한 동굴.

거대한 입구를 자랑하던 루가릭스 레어에 비하면 보잘것 없는 레어의 크기에, 훈이가 작은 목소리로 중얼거렸다.

"여긴 루가릭스의 레어에 비해 좀 조촐한 느낌인데?"

그리고 그 작은 목소리를 들은 루가릭스가 팔짱을 끼며 거만한 표정을 지었다.

"후후, 나 루가릭스 님의 레어가 좀 웅장하기는 하지. 후훗, 내 레어로 말하자면⋯⋯."

루가릭스가 어깨를 으쓱거리며 자랑을 시작하려 하자, 이안이 그 말을 자르며 핀잔을 주었다.

"쓸데없는 소리 말고. 이 레어나 살펴봐, 루가릭스. 여기 엘카릭스의 레어가 맞을까?"

그에 루가릭스의 입이 대발 튀어나왔다.

그러나 이안의 질문에 대한 대답은 전혀 엉뚱한 곳에서 나왔다.

"맞는 것 같뿍. 이 안에서 신룡의 기운이 느껴진다뿍!"

목소리의 정체는 라이의 어깨에 올라가 있던 뿍뿍이였다

루가릭스도 뒤늦게 대답했다.

"맞다. 여기가 엘카릭스의 레어가 맞는 것 같다, 이안아."

이안이 콧방귀를 뀌며 대꾸했다.

"뿍뿍이가 먼저 대답했거든! 뒤늦게 숟가락 얹기는."

이안의 냉정한 반응에, 루가릭스의 커다란 눈망울이 흔들렸다.

"우, 우쒸, 원래 나도 말하려고 했다! 나도 알고 있었던 거라고!"

이안이 검지 손가락을 까딱거리며 고개를 젓는다.

"그걸 어떻게 믿어?"

무척이나 당황한 루가릭스의 모습.

루가릭스는 억울한 표정을 지어 보이며 자신의 결백을 주장하기 시작했다.

"에, 엘카릭스는 내 쌍둥이 동생이다! 내가 내 동생의 레어를 모를 리 없잖아!"

흥분한 나머지 묻지도 않은 이야기까지 꺼내는 루가릭스였다.

의외의 정보를 입수한 이안의 두 눈이 살짝 커졌고, 훈이가 게슴츠레한 눈으로 루가릭스를 추궁하기 시작했다.

"그러니까 너는, 엘카릭스의 레어가 어딘지 알고 있었는데도 지금까지 말하지 않고 있었다는 거지?"

훈이의 추궁에, 그제야 자신의 말실수를 깨달은 루가릭스는 더욱 울상이 되었다.

"그런 게 아니고……!"

"아니긴! 딱 보니까 그런 것 같은데, 이 거짓말쟁이!"

"나, 난 거짓말쟁이가 아니야!"

"그럼 왜 말하지 않은 건데? 네가 알려 줬으면 더 빨리 올 수 있었잖아. 카카도 잃지 않고 말이지."

"그, 그건……!"

루가릭스는 거의 울 것 같은 표정이 되었다.

입을 꾹 다문 루가릭스가 삐죽거렸다.

언데드들을 쓸어 담으며 잘난 척을 하고 싶어서 그랬다는 얘기는, 죽어도 하기 싫은 루가릭스였다.

"오르덴, 이쪽이 확실해?"

"그런 것 같다, 주인. 조금만 더 북동쪽으로 가면 나의 고향 프릴라니아 계곡이다."

"휘유, 그럼 여기서 잠깐 쉬었다 갈까?"

"알겠다, 주인. 그럼 저 봉우리에 내려앉겠다."

"그래, 그러자."

북부 대륙의 북쪽 끝.

숨을 쉬는 것만으로도 폐부가 얼어 버릴 것 같은 사나운 바람이 부는 이 설원의 하늘에, 새까만 드래곤 한 마리가 날개를 펄럭이며 날고 있었다.

그리고 그 위에 타고 있는 한 남자.

그는 바로 오클리의 후계자이자 드래곤 테이머인 소환술사 카노엘이었다.

펄럭펄럭.

거대한 드래곤의 날개가 한 번 움직일 때마다, 거세게 불던 바람이 회오리쳤다. 그리고 카노엘을 태운 드래곤 오르덴이 봉우리에 내려앉아 커다란 날개로 주인을 감쌌다.

거센 한파로부터 주인을 보호하기 위함이리라.

"괜찮아, 오르덴. 이 정도 바람에는 끄떡없다고. 하린 누나가 준 요리도 가져왔으니까."

인벤토리에서 주먹밥 하나를 꺼낸 카노엘은 비장한 표정을 지으며 잠시 그것을 노려보았다.

밥알 한 알 한 알이 새빨간 것이, 마치 날치 알 덩어리 같기도 한 생김새를 가진 주먹밥.

그것을 본 오르덴이 걱정스러운 표정을 지으며 카노엘에게 물었다.

"정말……. 그거 먹을 생각인가, 주인?"

카노엘이 자신도 모르게 말을 더듬었다.

"머, 먹어야지. 이걸 먹으면 그래도 추위에선 벗어날 수 있으니까."

잠시 망설이던 카노엘이 용기내서 주먹밥을 한 입 베어 먹었다. 그러자 그의 눈앞에 주르륵 하고 시스템 메시지가 떠올랐다.

띠링-!

-'마그마 라이스볼' 음식을 섭취하셨습니다.

-용암을 삼킨 것과 같은 매운 맛이 밀려옵니다.

-매운 맛에 대한 저항이 부족합니다.

-앞으로 30분간, 초당 20만큼의 피해를 입습니다.

-매운 맛 저항이 영구적으로 2만큼 상승합니다.

-냉기 저항력이 2시간 동안 30퍼센트만큼 상승합니다.

-화염 저항력이 2시간 동안 15퍼센트만큼 감소합니다.

하지만 카노엘은, 떠오르는 메시지들을 확인할 수 없었다. 두 눈을 질끈 감고 있었기 때문이다.

시스템 메시지의 표현처럼, 마치 용암을 삼킨 듯한 어마어마한 매운 맛.

"으...... 으으!"

식도가 전부 녹아내리는 듯한 매운맛을 느낀 카노엘이 더 이상 참기 힘들었는지 바위에 쌓여 있던 눈을 퍼먹었다.

-'차가운 설원의 눈'을 섭취하셨습니다.

-주의! 먹는 음식이 아닙니다!

-냉기 저항력이 5분간 1퍼센트만큼 하락합니다.

-냉기 저항력이 5분간 1퍼센트만큼 하락합니다.

그리고 그것을 본 오르덴이, 질린 표정으로 카노엘을 위로했다.

"괜찮다, 주인. 그럴 수 있다. 나는 이해한다."

블랙 드래곤 오르덴의 별명은 '미식 드래곤'이었다.

그의 취미는 바로, 하린이 새로 개발한 음식을 시식하는 것.

때문에 오르덴은 이미 '마그마 라이스볼'도 먹어 본 적이 있었던 것이다.

당시, 파이로 영지의 아이들이 만들어 놓은 눈사람을 다섯 마리(?)쯤 잡아먹은 뒤에야 겨우 정신을 차렸던 오르덴이었다.

그렇기에 오르덴은 주인 카노엘의 기행을 충분히 이해할 수 있었다.

그렇게 30분 정도가 지났을까?

쉴 새 없이 눈을 퍼먹던 카노엘이 겨우 정신을 차리고는 자리에 주저앉았다.

"후우, 이거······. 언데드들이랑 싸우는 것보다 다섯 배 쯤 힘든 것 같아, 오르덴."

"맞다, 주인. 아마 리치 킹에게 주먹밥을 먹일 수 있다면 그를 쉽게 처치할 수 있을 지도 모른다."

"휘유, 어쨌든 이제 확실히 추위는 느껴지지 않네. 효과만큼은 탁월한 것 같다."

주먹밥의 효과에 감탄한 카노엘의 모습에, 오르덴이 고개를 절레절레 저으며 입을 열었다.

"속이 너무 아파서 추울 틈이 없을 것 같다, 주인."

"……."

어쨌든 한바탕 소란이 지나가고, 정비를 마친 카노엘이 다시 오르덴의 등에 올라탔다.

"그래도 북동쪽으로 움직일수록 언데드는 점점 줄어드는 것 같아, 오르덴. 너무 추워서 그런 건가?"

"언데드는 추위를 타지 않는다."

"그, 그래? 뭐 어쨌든 좋은 게 좋은 거니까……."

카노엘이 등에 단단히 올라타자, 오르덴이 날개를 펄럭이며 다시 허공으로 날아올랐다.

그들의 목적지는 바로 북부 대륙의 북쪽 끝에 존재하는 프릴라니아 계곡.

과거 마룡들의 침공에 의해 수많은 용족들과 테이머들이 묻힌 장소였다.

'이제 프릴라니아 계곡만 찾으면……. 그들의 힘을 빌려 리치 킹의 군대와 싸울 수 있을 거야.'

오르덴의 안장을 꽉 움켜쥔 카노엘의 두 눈이, 설원에 반사된 빛을 받아 반짝였다.

-빛의 드래곤, 엘카릭스의 레어에 입장하셨습니다.

-빛의 영역, 첫 번째 구역에 입장합니다.

-'엘카릭스의 레어'를 최초로 발견하셨습니다.

-명성치가 5만 만큼 증가합니다.

-던전의 최초 발견자가 되셨습니다.

-앞으로 닷새 동안 던전에서 획득하는 모든 경험치가 두 배가 됩니다.

-앞으로 닷새 동안 던전에서 아이템을 획득할 확률이 두 배가 됩니다.

시스템 메시지를 확인한 이안의 두 눈에 이채가 어린다.

'루가릭스의 레어는 분명 최초 발견이 아니었는데, 여기는 최초 발견이군.'

큰 의미를 부여할 만한 사실은 아니었다.

루가릭스의 레어는 사실 찾기 힘든 곳에 있는 던전이 아니었고, 지나가던 유저가 들어갔다가 식겁해서 도망쳐 나왔을 수도 있는 곳이었으니까.

하지만 그것과는 별개로, 오랜만에 미발견 던전을 찾았다는 것은 행복한 것이었다.

이곳이 루가릭스의 던전과 비슷한 난이도를 가지고 있다면, 제법 쏠쏠한 경험치와 아이템을 쓸어 담을 수 있을 테니 말이다.

'루가릭스라는 최고의 버스 기사도 있고 말이지.'

칭찬만 한두 번 해 주면 신나서 몬스터를 쓸고 다니는 루가릭스는, 그야말로 최고의 버스 기사가 아닐 수 없었다.

게다가 빛과 어둠은 서로 역속성의 관계였으니, 루가릭스의 공격이 빛 속성의 몬스터들에게 더 막대한 피해를 입힐 것이다.

물론 루가릭스 또한 빛 속성의 공격에 당한다면 증폭된 피해를 입겠지만 말이다.

그렇게 버스를 탈 생각에 절로 웃음이 나오는 이안이었다.

하지만 모든 일이 항상 뜻대로 되는 것은 아니었다.

-빛의 구역, 마지막 지역에 진입하셨습니다.

-10초 후. 지하 1층을 지키는 가디언, '홀리 드레이크(Lv.375)'가 등장합니다.

"마지막……이라고?"

엘카릭스의 레어는 루가릭스의 레어와 달리, 여러 층이 존재하는 던전이 아니었던 것.

수많은 몬스터들을 사냥하여 경험치를 쓸어 담겠다던 이안의 꿈은 물거품이 되어 버린 것이다.

게다가 거기서 끝이 아니었다.

콰르릉-!

거대한 진동음과 함께 던전의 내부로부터 새하얀 기의 파동이 뿜어져 나왔다.

-'빛의 결계'가 발동합니다.

─빛 속성의 피해를 입었습니다.

─생명력이 2,350만큼 감소합니다.

─어둠 속성을 가진 존재는 빛의 구역 안으로 진입할 수 없습니다.

생각지 못했던 시스템 메시지들이 떠올랐다.

그리고 이안은 카카가 사망한 원인을 바로 알 수 있었다.

'후, 이 빛의 결겐지 뭔지 발동해서 그대로 죽어 버린 거였군.'

사실 이 정도의 피해는 두 자리 수 레벨의 흑마법사 클래스도 한 방에 죽일 수 없는 미미한 수준이었다.

하지만 카카에게라면 이야기가 달라진다.

빛 속성이라면, 모기가 물어도 사망할 수 있는 게 카카였으니까.

"이거, 곤란하게 됐는걸?"

주변을 둘러본 이안이 중얼거렸다.

결계가 펼쳐짐과 동시에 어둠 속성의 드래곤인 루가릭스는 물론 훈이까지도 던전 밖으로 튕겨 나갔기 때문이었다.

어느새 날개를 펼친 레비아가 빙긋 웃으며 입을 열었다.

"어쩔 수 없네요. 우리끼리 해 볼 수밖에요."

이안도 피식 웃으며 정령왕의 심판을 다잡았다.

"그래요 뭐. 설마 초딩 둘 없다고 드레이크 한 마리 못 잡겠어요?"

그리고 이안의 말이 끝나기가 무섭게, 던전 내부에서 새하얀 빛이 일렁이더니 거대한 드레이크가 등장했다.

캬아아오오!

설원의 눈결같이 새하얀 비늘을 가진 홀리 드레이크.

레비아와 이안이 드레이크를 향해 동시에 달려들었다.

−빛의 결계는 어둠을 허락하지 않습니다.

−빛의 여신 에르네시스의 권능으로 만들어진 결계입니다.

−결계에 저항할 수 없습니다.

−던전 밖으로 이동합니다.

−잠시 동안 '무기력' 상태에 빠집니다.

하얀 빛이 번쩍인 뒤, 훈이의 눈앞에 시스템 메시지들이 줄줄이 나열됐다.

그리고 약간의 어지럼증과 함께 시야가 비틀어졌다.

잠시 후, 훈이의 눈앞에 들어온 풍경은 던전의 외부였다.

훈이가 인상을 살짝 일그러뜨리며 입을 열었다.

"결국……. 신이라는 존재마저도 나의 내면에 가득한 어둠의 기운들이 부담되는 것인가."

이어서 쓴웃음을 지어 보였다.

"크큭, 빛과 어둠은 본래 하나의 양면이거늘……. 신씩이나 되는 녀석이 어둠을 배척하다니, 참으로 편협한 그릇이로다."

엘카릭 산맥의 전경이 한눈에 보이는 절벽 앞으로 다가간 훈이가, 고독한 표정을 지으며 눈을 감았다.

"빛과 어둠의 정의는 결코 다르지 않거늘……."

훈이가 자신만의 세계에 다시 심취하기 시작했을 때, 뒤에서 불쑥 목소리가 튀어나왔다.

"그렇지 않다, 어둠의 군주여."

그리고 갑자기 들려온 그 목소리에, 훈이는 화들짝 놀라며 눈을 떴다.

"으, 으악!"

그 때문에 바둥거리다가 발을 헛디뎌, 절벽 아래로 떨어질 뻔한 훈이.

나뭇가지를 붙들어 위기를 모면한 훈이가 헛기침을 하며 놀란 가슴을 추슬렀다.

"에, 엣헴."

체면을 구긴 훈이가 멋쩍은 표정으로 눈앞에 나타난 루가릭스를 응시했다.

'맞다, 저 녀석……. 어둠의 드래곤이었지.'

자기 혼자만 던전에서 튕겨 나온 줄 알고 폼을 잡고 있었는데, 생각지도 못한 목소리가 들리자 화들짝 놀란 것이다.

정신을 차린 훈이에게 다가온 루가릭스가 다시 말을 잇기 시작했다.

"신은 결코 편협하거나 어리석지 않다. 그들은 그 자체만으로 완전무결한 존재. 그들이 행하는 일에는 항상 깊은 뜻이 있는 법이지."

훈이가 뒷머리를 긁적이며 대꾸한다.

"그, 그래?"

"그렇다. 적어도 마신과 같은 탐욕적인 악신에 의해 물들지 않았다면 말이다."

어둠의 신 카데스를 생각하는 것인지, 루가릭스의 표정이 살짝 어두워진다.

그리고 잠시 후, 루가릭스의 입이 다시 열렸다.

"우리는 엘카릭스의 레어 안으로 들어가지 못했지만, 우리 나름대로 할 일이 있다 어둠의 군주. 그리고 그것이 바로 빛의 여신 에르네시스 님의 안배."

훈이가 눈을 크게 뜨며 되물었다.

"그게 뭔데?"

루가릭스가 엘카릭스의 레어를 슬쩍 응시한 뒤 다시 입을 열었다.

"리치 킹 샬리언은 빛의 신룡이 깨어나는 것을 원치 않을 것이다."

"그렇겠지."

"그렇기에 이렇게 많은 언데드로 하여금 이 엘카릭 산맥을 지키게 하였던 것이고."

"아하, 그래서……?"

여기까지 설명을 들은 훈이는 지금까지의 상황이 전부 이해가 되었다.

'어둠이 접근하지 못하게 만들어 놓은 빛의 결계라는 것은, 리치 킹을 막기 위한 것이었군.'

더해서 빛의 신룡을 적대시해야 하는 어둠의 군대들이 이 엘카릭 산맥을 지키고 있었던 이유도 곧바로 설명이 된다.

고개를 끄덕이는 훈이를 보며 루가릭스가 다시 입을 열었다.

"하면 어둠의 군주여, 우리가 해야 할 일은 무엇이겠는가?"

"우리가 해야 할 일……?"

훈이의 머리가 빠르게 회전했다.

하지만 훈이가 답을 찾기 전, 루가릭스의 말이 먼저 이어졌다.

"그것은 바로 퇴로를 뚫는 것이다."

잠시 뜸을 들인 루가릭스가 천천히 입을 뗐다.

"지금쯤 리치 킹도 우리가 침입했다는 사실을 알아차렸을 터, 더 강력한 어둠의 군단들이 이곳을 향해 몰려올 테지."

이어서 훈이의 눈앞에, 새로운 퀘스트 창이 떠올랐다.

띠링-!

**어둠의 군대 섬멸 (히든, 돌발 퀘스트)**
리치 킹의 군대는 강력하다.

때문에 그를 상대하기 위해서는 두 신룡의 힘이 필요했다.

어둠의 신룡 루가릭스와 빛의 신룡 엘카릭스.

이미 루가릭스는 당신과 함께하고 있으며, 이제 엘카릭스를 깨워 그녀의 힘을 얻어야 한다.

그렇기에 당신은 인간계의 영웅들과 함께 엘카릭 산맥을 찾아왔다.

하지만 문제가 생겼다.

항상 엘카릭 산맥을 주시하고 있던 리치 킹의 군대가 당신들의 존재를 알아차린 것이다.

리치 킹의 군대는 엘카릭스를 노리고 있다.

레어로 들어간 영웅들이 신룡의 영혼석을 가지고 나오면, 그들은 영혼석을 탈취하여 소멸시키려 할 것이다.

지금 수많은 어둠의 군대들이 엘카릭 산맥을 둘러싸기 시작했다.

동료들이 영혼석을 가지고 레어에서 나오기 전에 어둠의 군단을 섬멸하여 퇴로를 확보하자.

어둠의 군단은 강력하지만, 당신에게는 루가릭스라는 조력자가 있다.

그가 당신을 도와 그들을 물리칠 것이다.

**퀘스트 난이도 :** SSS

**퀘스트 조건 :** 레벨이 350 이상인 유저.

어둠의 신룡, 루가릭스의 레어 던전을 클리어 한 유저.

'빛의 신룡 엘카릭스' 퀘스트를 진행중인 흑마법사 유저.

**제한 시간 :** 없음

**보상 :** 처치한 어둠의 군단의 숫자에 비례하여 달라집니다(명성과 경험치 획득).

*퀘스트가 진행되는 동안, 획득하는 모든 경험치와 에피소드 공헌도가 두 배로 적용됩니다.

*전투 중 사망 시, 퀘스트에 실패합니다.

*던전 내부에 들어간 파티원이 필드로 다시 나올 때까지 퀘스트가 지속됩니다.

*거부할 수 없는 퀘스트입니다.

그리고 퀘스트 창을 빠르게 읽은 훈이의 두 눈이 휘둥그레
졌다.

'이, 이런 꿀 같은 퀘스트라니……!'

말 그대로 신나게 리치 킹의 군대와 싸우면 되는 단순 무
식한 퀘스트.

도중에 죽지만 않으면 성공하는 퀘스트인 데다 루가릭스
라는 버스 기사도 있었으니, 그야말로 보너스 스테이지 같은
느낌이었다.

'이거야 말로 땅 짚고 헤엄치는 격이지!'

퀘스트에서 제외되었다는 소외감이 순식간에 날아가 버린
훈이는, 신이 나서 절벽 아래를 다시 둘러보았다.

그리고 그 아래에는, 어느새 언데드들이 새까맣게 몰려 올
라오고 있었다.

"좋았어! 다 쓸어 버리는 거야!"

흥에 겨워 여기저기 언데드들을 소환하기 시작하는 훈이.

'크흐흐, 루가릭스 레어 클리어하는 데도 거의 3~4시간은
걸렸으니까……. 이번에는 최소 한나절은 걸리겠지?'

훈이의 계산법은 간단했다.

난이도가 비슷하다는 전제 하에 훈이와 루가릭스가 빠졌
으니, 엘카릭스의 레어를 클리어하는 데는 두 배 정도의 시
간이 걸리리라 생각한 것이다.

훈이는 예닐곱 시간동안 경험치를 독식할 생각에 흥분했

고, 어둠의 군대를 맞은 루가릭스의 표정은 비장했다.

"어둠의 군주여, 나와 함께 저 이단들을 섬멸하자!"

훈이가 씨익 웃으며 대답했다.

"그거 좋지!"

한편 훈이가 청운의 꿈에 부풀어 있는 사이, 이안과 레비아는 너무도 순조롭게 홀리 드레이크를 처치해 내었다.

루가릭스의 레어에 있던 카오틱 드레이크보다도 훨씬 수월하게 사냥해 낸 것.

ㅡ'엘카릭스의 레어' 던전 지하 1층의 네임드 보스. '홀리 드레이크'를 처치하셨습니다.

ㅡ명성을 15만 만큼 획득합니다.

ㅡ잠시 후, 엘카릭스의 레어 지하 2층으로 이동됩니다.

하얀 빛이 되어 산화하는 홀리 드레이크.

그런 그를 보며 레비아가 낮은 목소리로 중얼거렸다.

"이거 뭔가 너무 싱거운데요?"

이안도 고개를 끄덕이며 동의를 표했다.

"그러게요. 이대로 엘카릭스의 영혼석을 얻을 수 있을 것 같지는 않은데……."

그리고 두 사람이 잠시 대화를 나누는 동안, 던전이 강렬하게 진동하기 시작했다.

깨어난 루가릭스를 처음 만났을 때보다도 더욱 웅장하고 거대한 진동이었다.

쿠궁- 쿠쿠궁-!

이안과 레비아는 바짝 긴장한 채 사방을 주시했고, 두 사람의 발아래 지면이 쩍쩍 갈라졌다.

"아래 조심해요, 이안 님!"

레비아는 이안에게 주의를 주며, 날개를 펼쳐 허공으로 날아올랐다.

이안 또한 고개를 끄덕이며 소환해 두었던 핀의 등에 올라탔다.

우르릉- 쿠구구궁-!

레어는 끝날 기미를 보이지 않고 계속 진동했다.

그리고 그 진동이 이어지면 이어질수록, 동공의 바닥을 이루고 있던 지면이 무너져 함몰되기 시작했다.

'이러다가 아예 바닥이 사라지겠는데……?'

난처한 표정이 된 이안은 결국 핀과 카르세우스, 뿍뿍이만을 제외한 모든 소환수들을 소환 해제하였다.

그리하여 모두가 완벽히 허공으로 떠오른 이안의 파티.

잠시 후 이안의 예상처럼 바닥은 뻥 뚫려 버렸고, 그 아래로 끝없이 깊은 낭떠러지가 펼쳐졌다.

그리고 그 까마득한 곳에서부터, 하나의 찬란한 빛이 천천히 올라오기 시작했다.

이안과 레비아는 숨을 죽인 채 그 광경을 지켜보았다.

우우웅—!

작게 들리던 공명음이 빛이 가까워질수록 점점 크게 고막을 울렸다.

레어 전체를 뒤흔들던 진동은 어느새 멎어 있었고, 빛에서부터 나오는 것으로 추정되는 울림만이 장내에 울려 퍼지며 묘한 분위기를 연출했다.

그리고 시간이 지날수록, 그저 빛의 덩어리인 줄만 알았던 것의 형상이 점점 드러나기 시작했다.

이안의 눈에 이채가 어렸다.

'뭐지? 저 여자가 빛의 신룡 엘카릭스인가?'

새하얀 날개에 온통 하얀 빛깔의 갑주를 입은 여인.

금빛으로 빛나는 검과 방패를 손에 쥔 그녀는, 마치 차원전쟁 때 보았던 천군天軍들을 연상시키는 모습을 하고 있었다.

물론 그들과 완벽히 같은 모습은 아니었으나, 비슷한 분위기라는 의미였다.

그런데 그때, 멍한 표정으로 그 광경을 지켜보던 레비아의 입에서, 나직한 중얼거림이 새어나왔다.

"발……키리……?"

이안이 반사적으로 그녀에게 물었다.

"발키리요? 그게 뭐죠?"

"빛의 여신 에르네시스를 섬기는 존재예요. 인간계에는 나타날 수 없다고 알고 있었는데⋯⋯?"

레비아가 놀라는 것은 당연했다.

발키리는 신의 권능을 일부 갖고 있는 반신半神이라 할 수 있는 존재.

그리고 사제 클래스의 퀘스트를 진행하다 보면 신화 속에서 수없이 많이 등장하는 익숙한 존재였기 때문이었다.

만약 발키리와 싸워야 한다면, 일찌감치 퀘스트를 포기하는 것이 나으리라.

이안이 발키리에 대해 묻기 위해 다시 입을 열려는 찰나.

어느새 두 사람의 바로 앞까지 다가온 그녀가 하얗고 거대한 날개를 활짝 펼치며 입을 열었다.

"여신님이 말씀하신 빛의 사제가 바로 그대였군요."

무척이나 부드러운 그 말에, 레비아가 절로 고개를 끄덕이며 대답했다.

"네, 그렇습니다. 그대는 혹시 빛의 전사⋯⋯. 발키리인가요?"

그에 여인이 고개를 저으며 대답했다.

"내 이름은 밀로스. 빛의 전사이나, 발키리 님과는 비교할 수 없는 하찮은 존재에 불과하답니다. 단지 그대들이 당도할 때까지 엘카릭스를 지키라는 명을 받은, 에르네시스 님의 종일 뿐."

잠시 뜸을 들인 그녀가 들고 있던 검을 꽂아 넣더니 오른손을 활짝 펼쳐 보였다.

그러자 그녀의 앞에 하얀 빛의 덩어리가 커다랗게 생겨났다.

그리고 그것을 확인한 이안이 자신도 모르게 낮게 읊조렸다.

"신룡의 영혼석?"

색상과 풍기는 분위기는 달랐으나, 그것은 분명 과거 이안이 가지고 있었던 카르세우스의 영혼석과 같은 생김새를 지니고 있었다.

그렇기에 한눈에 알아볼 수 있었던 것.

여인, 밀로스는 고개를 끄덕이며 이안을 향해 다시 입을 열었다.

"맞아요. 이것이 바로 엘카릭스의 영혼석이죠."

"그렇군요."

"제 짐작이 맞다면, 그대들은 잠들어 있는 엘카릭스를 깨워 어둠의 군단을 물리쳐야 할 사명을 가지고 있겠죠?"

이안과 레비아가 동시에 고개를 끄덕이자, 빙긋 웃어 보인 밀로스가 다시 말을 이었다.

그리고 그녀의 입에서 다소 뜬금없는 단어가 튀어나왔다.

"프릴라니아 계곡. 그곳으로 나를 데려다 주세요."

"……?"

프릴라니아 계속에 대해 아예 모르는 레비아는 어리둥절한 표정이 되었고, 반면에 조금이나마 알고 있는 이안은 의아한 표정이 되었다.

"프릴라니아 계곡이라면……. 드래곤 빌리지를 말하시는 건가요?"

밀로스가 고개를 끄덕이며 대답했다.

"맞아요. 과거 드래곤 빌리지가 있었던 바로 그곳. 나를 그곳으로 데려다 주세요. 그럼 잠들어 있는 빛의 신룡을 깨울 수 있답니다."

그리고 그녀의 말이 끝나기가 무섭게, 이안과 레비아의 눈앞에 새로운 퀘스트 창이 떠올랐다.

수천 년 전.

유저들에게 '북부 대륙'이라는 이름으로 불리는 말라카 대륙에는, 드래곤 빌리지라는 곳이 존재했다.

말라카 대륙의 북동쪽에 있는 거대한 산맥인 크루피아 설산.

그리고 그 크루피아 설산의 깊숙한 곳에는, '프릴라니아 협곡'이라는 어마어마하게 거대하고 깊은 협곡이 존재했다.

오십 미터 정도 되는 폭에, 깊이만 수백 미터는 되는 거대한 협곡.

협곡의 바닥에는 에메랄드빛의 신비로운 물이 흐르는데, 이 계곡의 명칭은 프릴라니아 계곡이었다.

첨벙-!

신비로운 빛깔의 계곡에 발을 살짝 담가 본 카노엘의 입에서 감탄사가 흘러나왔다.

"힘들게 찾아온 보람이 있네."

에메랄드 빛깔의 계곡과 양쪽으로 끝없이 솟아 있는 절벽.

좁은 하늘로부터 새어 들어오는 강렬한 빛은, 이 프릴라니아 협곡의 아름다움을 배가시켜 주고 있었다.

협곡을 둘러보며 감탄하는 카노엘을 향해 오르덴이 입을 열었다.

"이곳은 다시 아름다움을 되찾았군."

그에 카노엘이 의아한 표정을 지으며 되물었다.

"오르덴, 너 여기 와 본 적 없잖아?"

오르덴이 고개를 끄덕이며 대답한다.

"맞다, 주인. 나는 이곳에 와 본 적이 없지."

"그런데?"

"하지만 드래곤의 고향인 이 프릴라니아 협곡에 관한 기억은, 모든 드래곤의 내면에 태어날 때부터 존재한다. 드래곤으로서의 자아를 각성하는 순간 깨어나는 기억들이지."

정확히 이해하지는 못했지만, 카노엘은 그러려니 하며 고개를 끄덕였다.

지금은 오르덴에게 프릴라니아 협곡에 관한 기억이 어떻게 있는지가 중요한 것이 아니었기 때문이었다.

지금 카노엘에게 중요한 것은…….

"그럼, 오르덴. 용신의 신전이 어디에 있는지도 알 수 있어?"

바로 용신 '세카이토'의 신전.

진행 중인 메인 퀘스트를 클리어하기 위해서는 우선 용신의 신전을 찾아야만 하는 것이다.

오르덴이 고개를 끄덕이며 날개를 쫙 펼쳤다.

"그것까지는 잘 모르겠다. 하지만 왠지 찾을 수 있을 것 같은 느낌이 드는군."

카노엘은 다시 오르덴의 등에 올라탔다.

이어서 카노엘을 태운 오르덴이 다시 하늘을 향해 날아올랐다.

펄럭-!

거대한 드래곤이 날개를 펼쳤음에도 반에 반도 못 채울 정도로 협곡의 폭은 널찍했고, 오르덴은 여유롭게 비행하여 협곡을 날기 시작했다.

이제 이 거대한 협곡 어딘가에 숨겨져 있을, 용신 세카이토의 신전을 찾아가야 했다.

### 잊힌 드래곤 빌리지를 찾아서 (연계 퀘스트)

당신은 엘카릭스의 레어에서 빛의 신 에르네시스를 모시는 종, 밀로스
와 조우하였다.
그녀는 엘카릭스의 영혼석을 가지고 있었고, 이 영혼석을 깨우기 위해
서는 프릴라니아 협곡으로 향해야 한다고 말한다.
엘카릭 산맥을 향해 몰려오는 언데드 군단을 물리치고, 밀로스를 보호
하여 프릴라니아로 향하자.
**퀘스트 난이도 :** SSS
**퀘스트 조건 :** 레벨이 350 이상인 유저.
'빛의 신룡 엘카릭스' 퀘스트를 진행 중인 유저.
**제한 시간 :** 없음
**보상 :** 처치한 어둠의 군단의 숫자에 비례하여 달라집니다(명성과 경험
치 획득).
*퀘스트가 진행되는 동안, 획득하는 모든 경험치와 에피소드 공헌도가
두 배로 적용됩니다.
*전투 중 사망 시, 퀘스트에 실패합니다.
*거부할 수 없는 퀘스트입니다.

최근에 받았던 퀘스트들 중 가장 간결한 내용을 담고 있는
퀘스트 창.

'뭐, 퀘스트 내용이 간단해서 좋기는 한데……. 뜬금없이
프릴라니아 협곡은 왜 등장하는 거야? 거긴 아무것도 없을
텐데.'

프릴라니아 협곡이 있는 크루피아 설산은, 200레벨대 마

법사들의 사냥터로 유명한 곳이었다.

물리 방어력에 비해 마법 방어력이 현저히 약한 드레이크들의 서식지였기 때문에, 마법사들에게 최적의 사냥터였던 것이다.

하지만 그뿐.

과거에 '드래곤 빌리지'가 존재했었다고는 하지만, 지금의 프릴라니아 협곡은 그야말로 아무것도 없는 협곡일 뿐이었다.

이곳에서 어떻게 빛의 신룡을 깨울 수 있다는 건지, 이안은 짐작이 잘 되지 않았다.

'거기에 신룡을 깨울 방법을 아는⋯⋯. 오클리 같은 인물이라도 있는 건가?'

이안은 퀘스트 내용을 읽으며 이런 저런 추측을 해 보았다.

그런데 그때, 이안의 궁금증을 해결해 주기라도 하려는 것인지 밀로스가 다시 입을 열었다.

"드래곤이 존재하기 위해 없어서는 안 될 것이 있어요."

이안이 반사적으로 되물었다.

"그게 뭐죠?"

"그것은 바로 신적인 존재의 권능. 빛의 신룡 엘카릭스가 깨어나기 위해서도, 신의 권능이 필요해요. 하지만 지금, 권능을 내려 주실 수 있는 빛의 신 에르네시스 님은⋯⋯. 권능이 봉인되어 계시죠. 그대와 함께하고 있는 카르세우스 또한 전쟁의 신께서 권능을 내려 주시지 않았다면 결코 깨어날 수 없었을 거랍니다."

"그럼 프릴라니아 계곡에는 에르네시스 님 대신 엘카릭스에게 권능을 내려줄 수 있는 존재가 있다는 말인가요?"

밀로스가 고개를 끄덕이며 빙긋 웃었다.

"그렇습니다. 과거 인간계에 용신의 권능을 내려 주셨던 그분. 모든 드래곤의 아버지이자 주인이신 '세카이토' 님을 알현할 수 있는 방법이 프릴라니아 계곡에 있답니다."

용신 세카이토.

낯익은 이름을 들은 이안의 두 눈이 살짝 커졌다.

'생각지도 못 했던 이름인데?'

가만히 듣고만 있던 레비아가 중얼거리듯 말했다.

"신적인 존재의 권능이라……. 뭔가 어렵군요."

레비아의 말에 밀로스가 고개를 끄덕이며 대답했다.

"그렇습니다. 좀 더 구체적으로 말하자면 신의 '허가'와 비슷한 개념이랄까요?"

이안이 고개를 끄덕였다.

이제 퀘스트에 대한 내용은 거의 이해가 된 것 같았다.

하지만 아직 궁금한 부분이 하나 남아 있었다.

"그런데 밀로스 님, 유독 드래곤이라는 생명체만 신의 권능을 필요로 하는 이유가 뭘까요?"

밀로스가 빙긋 웃으며 다시 입을 열었다.

"만약 드래곤과 같은 강력한 존재가 무차별적으로 번식할 수 있다면. 이 인간계는 어떻게 될까요?"

"음……?"

"차원계의 질서가 무너지게 되겠죠. 힘의 균형이 깨어져 버릴 테니까요."

"그러네요."

이안은 슬쩍 카르세우스를 응시했다.

밀로스의 말이 틀리지 않은 것인지 카르세우스는 무표정한 얼굴로 그 얘기를 듣고 있었다.

"하지만 수많은 드래곤이 살아가면서도 질서를 유지할 수 있는 방법이 하나 있어요."

"그게 뭐죠?"

"그게 바로, 용신 '세카이토' 님의 권능이에요. 모든 드래곤을 통제할 수 있는 유일한 존재인 용신님의 권능이 내려진다면, 이 인간계에도 많은 드래곤이 살아갈 수 있겠죠."

과거 인간계에는, 수많은 드래곤들이 존재했던 적이 있었다.

왕국의 수호룡이 되어 인간들의 섬김을 받는 드래곤도 있었으며, 폴리모프한 채 인간들이 살아가는 틈바구니에서 유희를 즐기는 드래곤들도 있었다.

그리고 용신의 권능을 상징하는 신성한 장소인 '드래곤 빌리지'는 그들이 존재할 수 있는 이유와도 같았다.

수천 년을 살아가는 특별한 존재인 드래곤.

그들은 결코 '그냥' 존재할 수 있는 존재가 아니었으니까.

그녀의 설명에, 가만히 있던 카르세우스가 고개를 끄덕이며 입을 열었다.

"그녀의 말이 맞다, 주인. 과거 세카이토 님의 권능이 인간계에 머물렀을 때, 인간계에는 수백 마리도 넘는 드래곤들이 존재했었지."

밀로스는 드래곤 빌리지에 대해 조금 더 설명했다.

그리고 그 내용을 간단하게 요약하자면 이렇게 정리할 수 있었다.

과거 '드래곤 빌리지'라고 불리웠던 프릴라니아 계곡은, 용신 세카이토가 내린 권능의 상징이자 드래곤의 고향과도 같은 곳이었다.

한데 마룡들의 침공에 의해 드래곤 빌리지가 파괴되어 버렸고, 세카이토는 인간계에서 자신의 권능을 거두어 갔다.

때문에 현재 인간계에는 신룡들을 비롯한 몇몇 특별한 드래곤들을 제외하고는 전부 사라지게 된 것이다.

"이제 프릴라니아 계곡으로 향해야 하는 이유는 충분히 설명이 되었겠죠?"

이안이 고개를 끄덕이며 대답했다.

"물론입니다."

옆에 있던 카르세우스도 중얼거리듯 한마디했다.

"오랜만에 세카이토 님을 뵐 수 있겠군."

"크핫핫핫! 감히 망자亡子들이 어둠의 군주에게 대항하다니!"

쾅쾅— 쾅쾅쾅쾅—!

훈이를 주변으로 거대한 폭발음이 울려 퍼졌다.

그와 동시에 퍼져 나간 새카만 기의 파동.

훈이가 어둠의 군주가 된 뒤 얻은 유일한 매즈기인 '카오틱 쇼크' 스킬이 발동되자, 범위 안에 있던 언데드들이 '혼란' 상태에 빠져 버렸다.

"루가릭스, 브레스!"

"시끄럽다! 내가 알아서 할 거다!"

"아, 빨리 좀! 혼란 풀리기 전에 써야 할 거 아냐!"

훈이를 째려본 루가릭스가 허공으로 날아오르며 숨을 크게 들이켰다.

그러자 루가릭스의 입으로 어마어마한 기의 파동이 빨려 들어갔다.

그 모습을 본 훈이의 입가에 함지박만한 웃음이 걸렸다.

'크하하핫! 저게 다 몇 마리냐? 브레스 한 방이면 레벨이 오를 수도 있겠어!'

이안과 레비아가 던전 안으로 들어간 후, 훈이는 루가릭스와 함께 신나게 경험치를 쓸어 담고 있었다.

그렇게도 오르지 않던 경험치가 1시간 만에 벌써 10퍼센트 가까이 올라 버린 것.

이제 레벨 업까지 남은 경험치는 3퍼센트 정도에 불과했고, 지금 루가릭스는 훈이가 정성스레 몰아 온 언데드 더미를 향해 브레스를 발사하려 하고 있었다.

거의 20분을 들여 정성스레 언데드들을 모은 만큼, 협곡의 앞에 몰려 있는 언데드들의 숫자는 그야말로 어마어마했다.

이제 잠시 후면 이들은 전부 녹아 버릴 것이고, 훈이는 오랜만에 레벨 업 시스템 메시지를 들을 수 있으리라!

"좋아, 루가릭스, 날려 버리라고!"

잠시 후 떠오를 시스템 메시지를 기다리며 훈이는 덩실덩실 춤을 추었다.

그리고 그 순간 훈이의 눈앞에 기다려왔던 시스템 메시지가 떠올랐다.

하지만 그것은, 훈이가 기대했던 내용은 아니었다.

-'엘카릭스의 레어' 던전이 클리어되었습니다.

-파티가 다시 원래대로 복구됩니다.

-'어둠의 군대 섬멸' 퀘스트를 성공적으로 클리어하셨습니다.

-클리어 등급 : SS

-124,893만큼의 명성을 획득하셨습니다.

"뭐, 뭐야? 어떻게 벌써 클리어한 거야?"

하얗게 질려 버린 훈이의 표정.

아직 몇 시간은 더 이 꿀 같은 버스를 탈 수 있다고 생각했던 훈이는 사색이 되고 말았다.

게다가 이제 파티가 복구되어 버렸으니, 몰이사냥을 위해 열심히 모아 놓은 언데드들의 경험치도 공동분배 되어 버릴 것이 아닌가.

"아, 안 돼!"

훈이의 입에서 외마디 비명이 터져 나왔다.

하지만 결과는 이미 정해져 있었다.

쾅— 콰콰콰쾅—!

새카만 드래곤의 숨결이 전장을 뒤덮었다.

그리고 협곡의 입구에 까맣게 몰려 있던 수많은 언데드들이 그대로 녹아내리기 시작했다.

키에에엑—!

끄어— 끄어어억!

수백 기가 넘는 언데드 군단을 증발시켜 버리는 어마어마한 브레스의 위력.

그런데 그때, 망연자실한 표정이 된 훈이의 귓전으로 무척이나 낯익은 목소리들이 들려왔다.

"어? 갑자기 레벨은 왜 오른 거지?"

"그러게요. 저도 갑자기 경험치가 막 올라요!"

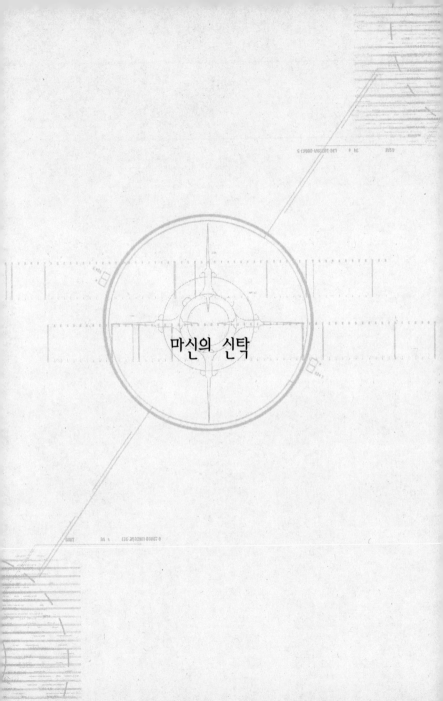

마신의 신탁

Taming Master

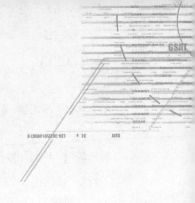

LB소프트의 기획 회의실.

커다란 대회의실의 전면에는 벽 전체를 꽉 채울 만큼 거대한 스크린이 내려와 있었다.

그리고 그 큰 스크린을 가득 채우고 있는 아름다운 설원.

그 안에는 마치 영화의 한 장면을 연상케 하는 대규모 전투 장면이 펼쳐지고 있었다.

마치 유비의 아들을 지키기 위해 백만대군을 돌파했던 조자룡처럼, 새까맣게 많은 언데드 군단을 뚫고 앞으로 나아가고 있는 한 무리의 파티.

그리고 회의실 안에는 그 영상을 보고 있는 두 명의 남자가 있었다.

두 사람의 정체는 바로, 김의환 과장과 그의 심복(?) 나지찬 대리였다.

김의환이 나지찬에게 말했다.

"어이, 지찬이."

"예, 과장님."

"이게 어떻게 된 일이야?"

"뭐가 말입니까?"

"이번 에피는 최소 반년짜리라고 호언장담하지 않았었나? 바로 이주일 전에, 자. 네. 가. 말이지."

김의환은 시선은 계속 스크린을 향한 채, 초조한 표정으로 입술을 깨물었다. 반면에 나지찬은 여유롭기 그지없는 표정으로 스크린을 응시하고 있었다.

그리고 실실 웃으며 고개를 끄덕였다.

"예, 그랬었죠. 제가 분명 그렇게 말씀드렸죠."

나지찬의 대답에, 김의환이 발끈하며 그를 향해 고개를 돌렸다.

"무, 무슨 그런 무책임한 반응이 있어, 짜샤! 지금 네 기획만 믿고 다섯 명이나 휴가 승인 내 줬는데!"

흥분한 김의환이 핏대를 올렸지만, 나지찬의 표정은 전혀 변하지 않았다.

오히려 그는 흥미롭다는 표정으로 웃고 있었다.

"왜 그렇게 걱정하고 그러세요? 아직 에피소드 클리어된 것도 아닌데요."

김의환이 씩씩거리며 곧바로 대답했다.

"야, 지금 걱정 안 하게 생겼냐? 간지훈이인지 뭔지 이상한 초딩 놈이 퀘스트 하라는 대로 안하고 멋대로 한 것부터가 문제였어. 그 초딩 놈 때문에 카데스 카드는 무용지물 되어 버렸고, 심지어 원래 샬리언의 편이었어야 되는 루가릭스까지 인간들 편에 서 버렸잖아."

마치 랩 배틀이라도 하는지 속사포처럼 나지찬에게 쏘아붙이는 김의환이었다.

나지찬은 순순히 고개를 끄덕이며 그의 말을 인정했다.

"확실히 그렇게 되었죠. 훈이가 트릭을 간파해 낼 거라고는 저도 예상치 못했었으니까요."

그러나 나지찬은 여유를 잃지 않았다.

사실 지금 에피소드의 진행 양상은, 거의 90퍼센트 이상이 나지찬이 예측했던 대로 진행되어 가고 있었으니 말이다.

지금까지 중 유일하게 나지찬의 예상을 빗나갔던 전개는 단 하나, 바로 훈이였다.

훈이의 게임 두뇌가 필요 이상으로 뛰어났던 것이다.

'뭐, 힌트가 없었던 건 아니지만, 이안도 아니고 훈이가 그걸 간파해 낼 줄은 몰랐지.'

덕분에 이안 일행의 퀘스트 속도가 엄청 빨라지기는 했지만, 나지찬은 별로 걱정하지 않았다.

그에게는 아직까지 꺼내 들지 않은 패가 많았기 때문이었다.

나지찬이 나직한 목소리로 입을 열었다.

"과장님."

"왜 불러, 인마."

"걱정하실 거 없습니다. 이 에피소드, 제가 장담했던 것처럼 반년은 우려먹을 수 있을 테니까요."

여유를 넘어 자신만만한 나지찬의 표정에, 김의환 팀장의 안색이 살짝 밝아졌다. 그가 아는 나지찬은 빈말은 하지 않는 성격이었기 때문이었다.

김의환이 은근한 목소리로 입을 열었다.

"호오, 자네가 자신만만해 하는 이유. 그거 나도 좀 알 수 있을까?"

스크린을 향해 있던 나지찬의 시선이 김의환을 향해 돌려졌다.

이어서 두 사람의 시선이 마주쳤다.

잠시 뜸을 들인 나지찬이 씨익 웃으며 입을 열었다.

"마신 데이드몬. 설마 그를 잊진 않으셨겠죠?"

"클리크 둥지 풀타임 뛰실 파티원 모집합니다! 180레벨 이상이신 분들만 지원 부탁드려요! 힐러님 레벨 제한은 160! 200 레벨 이상 알 노가다 하시는 고레벨 고수님들 환영입니다!"

"자, 자! 항마력 옵션 풀 세팅된 크루거 풀 세트 판매합니다! 부위당 1,350만 골드! 도끼는 2,700만 골드! 싸게 처분하고 있습니다!"

"님, 혹시 크루거 도끼에 항마력 관통 붙어 있나요?"

"물론입니다. 4.5퍼센트 붙어 있습니다."

"에이, 4.5퍼는 좀 애매한데……. 300만 골만 깎아 주시죠."

"어허, 이분. 너무 날로 먹으려 하시네. 좋소! 내가 선심 한번 씁니다. 2,630만골! 이 이하는 안 돼요!"

인간계가 한참 새로운 에피소드로 인해 시끌벅적할 동안 마계에도 많은 변화가 있었다.

인간계에 비해서는 유저 숫자가 적다고는 하더라도, 전체 유저의 30퍼센트가 넘는 마계 유저들을 LB사에서 방치할 리 없었던 것이다.

처음 오픈되었던 당시에야 따로 업데이트할 필요 없이 콘텐츠 자체가 무궁무진했던 마계였지만, 이제는 기존 콘텐츠가 모두 소모된 지 오래된 상태.

그동안 마계에도 제법 많은 콘텐츠들이 업데이트되었던 것이다.

그리고 그중 가장 큰 업데이트는 바로, '마계 중앙 대륙' 오픈.

넘버링으로 나뉘어져 있던 기존의 마계 이외에, 새로운 대륙이 하나 생겨났다.

'중앙 대륙 귀환 스크롤'만 지니고 있다면 마계 어디에서든 곧바로 이동할 수 있는 공간인 마계 중앙 대륙.

이곳은 인간계의 대륙과 비슷한 시스템을 가지고 있는 곳이었으며, 덕분에 수많은 마계의 길드들이 이곳에 거점을 만들고 성장해 나가고 있었다.

하지만 마계 중앙 대륙은 인간계와 다른 점도 하나 있었다.

그것은 바로, 대륙 안에 '사냥터'라는 개념이 존재하지 않는다는 것.

중앙 대륙은 단지 수많은 마계의 영지들끼리 치고받고 싸우는 '전쟁터' 같은 곳이었으며, 사냥을 위해서는 기존의 넘버링 지역으로 이동해야 하는 시스템이었던 것이다.

게다가 마계의 중앙 대륙은 인간계의 대륙과는 달리, 유저들에 의해 세워진 왕국이 단 하나도 존재하지 않았다.

마계 길드랭킹 20위권 안에 드는 최상위의 길드들이 겨우 영지 2~3개 정도를 보유하고 있는 수준.

마계 중앙 대륙에 있는 모든 왕국들은 NPC인 마왕들이 소유하고 있었기 때문에, 감히 유저들이 비벼 볼 만한 수준이 아니었던 것이다.

현재 마계의 공식 랭킹 1위인 이라한조차 마계서열로 따지면 400위 정도 밖에 되지 않았으며, 이것은 자신의 왕국을 갖지 못한 말단 마왕에 비해서도 한참 약한 수준이었다.

그러니 이라한보다 랭킹이 낮은 다른 랭커들의 수준은 간신히 서열 500~600위 정도에 턱걸이할 뿐이었다.

마계에서 네 번째로 거대한 왕국인, 릴리아나 왕국.

그리고 그곳의 노블레스인 사무엘 진은 오늘도 고통받고 있었다.

-사무엘 진 영주. 분명히 이번 달에는, 릴리아나 님께 보낼 마정석을 5퍼센트만큼 늘리라고 했던 것 같은데.

수정구를 통해 흘러나오는 걸걸한 목소리.

수정구의 안에는 우락부락한 마족의 얼굴이 떠올라 있었고, 그는 무척이나 못마땅한 표정으로 사무엘 진을 응시했다.

사무엘 진은 식은땀을 흘리며 그에게 대꾸했다.

"그, 그게…… 죄송합니다, 얀쿤 님. 생각보다 광산에서 나오는 마정석의 물량이 부족합니다."

-시끄럽다! 그대의 영지에서 발견된 광산은, 분명 양질의 마정석을 품고 있는 훌륭한 광산이었다. 한데 이 정도의 물량도 맞추지 못한다는 것은 그대의 능력이 부족하다는 증거!

사무엘 진을 꾸짖는 마족의 정체는 바로, 과거 이안의 가신이었던 얀쿤이었다.

얀쿤은 그동안 릴리아나의 밑에서 성장하여, 마계 서열 200위에 육박하는 엄청난 거물이 되어 있었던 것이다.

그리고 처음부터 얀쿤에게 단단히 찍혀 있던 사무엘 진은, 주기적으로 그에게 갈굼을 받고 있었다.

'크윽. 이 근육 돼지 같은 놈은 왜 맨날 날 못 잡아 먹어서 안달인 거야? 아니, 광산이 좋은 거야 사실이지만 제대로 굴러가질 않고 있는데 마정석 물량을 어떻게 맞추냐고!'

얼마 전 사무엘 진의 영지에서는 제법 커다란 규모의 광산이 발견되었다.

마정석을 비롯해서 마력석, 마수 능력석과 같은 특수한 광물부터 시작해서, 각종 일반 광물들까지 채굴 가능한 광산이 발견된 것.

이 광산의 가치는 그야말로 어마어마한 것이었고, 때문에 사무엘 진은 뛸 듯이 기뻤다.

광산 개발에 착수하기 직전까지는 말이다.

광산 개발이 시작되면서, 사무엘 진의 악몽도 같이 시작되었다.

'광산 레벨 올리는 데 돈이 그렇게 많이 들어갈 줄 누가 알았겠어?'

사무엘 진은 상상조차 할 수 없었던 거액이 광산 개발비용으로 들어가 버렸던 것.

하지만 거기까지는 그러려니 할 수 있었다.

사무엘 진은 현실에서도 '금수저'에 가까운 인물이었고, 카일란을 플레이하면서 모아 놓았던 골드도 제법 많았으니까.

게다가 앞으로의 수익에 대한 투자라고 할 수 있었으니, 낙심할 만한 부분은 아니었던 것이다.

그러나 진짜 악몽은 이제부터였다.

수십억을 들여 광산 레벨을 올렸음에도, 광산에서 생산되는 광물들의 수준이 형편없었던 것이다.

광산의 레벨은 올려놨는데 광물을 캐는 일꾼들의 수준이 낮아, 높은 등급의 광물은 하나도 캐지 못하는 상황이 되어 버렸다.

엎친 데 덮친 격으로 높은 광산 레벨 때문에 납부해야 하는 세금도 늘어났으니, 사무엘 진은 정말 울고 싶을 지경이었다.

한 달 내내 채굴한 광물이 세금을 내고 나면 다 사라져 버리니, 허탈하기 그지없는 것이다.

"죄송합니다, 얀쿤 님. 제가 다음 달부터는 꼭……!"

-다음 달은 없다, 사무엘 진. 릴리아나 님께 사흘 내로 부족한 마정석을 진상하지 않는다면, 그대에게 엄벌을 내릴 것이다.

"하, 하지만……!"

-지지직- 지직.

사무엘 진의 간절한 외침에도 불구하고 얀쿤은 냉정하기 그지없었고, 수정구는 일방적으로 꺼져 버렸다.

쾅-!

"으……! 이 근육 돼지 같은 노옴!"

분노한 사무엘 진이 주먹을 꽉 쥔 채 부르르 떨었다.

부족한 마정석을 진상하려면, 경매장에서 생돈을 주고 구매해야 하는 것이다.

"하아, 이거 광산 제대로 굴리려면 드워프라도 있어야 되는 거 아나?"

사무엘 진은 고개를 절레절레 저었다.

개발 비용만 되돌려 받을 수 있다면, 광산을 어디에 팔아넘기고 싶을 지경이었다.

"후우, 광산 노예들 숙련도가 높아지면 조금 나아지겠지."

하지만 사무엘 진이 잘못 생각하고 있는 부분이 있었다.

카일란의 광산 시스템은, 광산의 레벨이 높을수록 광물채취의 난이도가 어려워지게 설계되어 있었고, 때문에 처음부터 광산 레벨을 높게 올려 버리면 광산 노예들이 적응을 하지 못한다.

때문에 광산 노예들의 채굴 숙련도 오르는 속도가 무척이나 더딘 것이다.

어쨌든 광산으로 인해 극도의 스트레스를 받은 사무엘 진은, 의자를 뒤로 푹 젖힌 채 눈을 감았다.

이 분노를 삭이려면 시간이 좀 필요할 것 같았다.

"후우……."

사무엘 진의 입에서 새어 나오는 깊은 한숨.

그런데 그때, 눈을 감고 있던 그의 귓전으로 경쾌한 기계음이 울려 퍼졌다.

띠링-!

그에 사무엘 진의 눈이 반사적으로 뜨였다.

이어서 그의 눈이 살짝 커졌다.

의외의 인물로부터 메시지가 왔기 때문이었다.


-이라한 : 사무엘, 혹시 지금 레카르도 왕국으로 올 수 있나?


하지만 내용을 읽자마자 그의 표정은 확 구겨지고 말았다.

"아니, 이 자식이, 지금 누구보고 오라 마라야?"

이라한은 사무엘 진보다 확실히 강한 랭커이다.

하지만 이라한의 길드인 다크루나 길드는 여전히 호왕 길드보다 한 수 아래였다.

때문에 사무엘 진은, 이라한의 말투가 몹시 거슬렸다.


-사무엘 진 : 내게 볼일이 있다면, 릴리아나 왕국으로 찾아오는 게 맞는 것 아닌가?


하지만 이어진 메시지를 본 순간, 사무엘 진은 자리에서 벌떡 일어날 수밖에 없었다.


-이라한 : 흐음, 건방진 건 여전하군. 뭐, 오기 싫다면 굳이 오지 않아

도 좋아. 다만 '마신의 신탁'에 대해서는 호왕 길드에 공유할 수 없겠군.

　리치 킹의 군단이 대륙 전체에 창궐하기 시작하면서, 대륙의 정세는 급변하였다.

　수많은 작은 영지들이 어둠의 군단에 함락되었고, 사실상 거대 왕국 다섯 개 정도를 제외하고는 어둠 땅이 되어 버리고 만 것이다.

　그 말인 즉, 이 다섯 개의 왕국에 속해 있지 않은 모든 길드의 영지들은 어둠의 군단이 차지했다는 이야기.

　하지만 인간계 유저들은 다들 큰 불만을 갖지 않았다.

　그리고 거기에는 그만한 이유가 있었다.

　우선 어둠의 군단에 의해 함락된다고 해서 영지를 영구적으로 잃는 것이 아니었으며(유저들이 리치 킹을 처단하는 순간 점령당했던 영지는 돌려받는다), 둘째로 거의 무한한 사냥이 가능해서 공헌도를 많이 쌓을 수 있었기 때문이다.

　이제 어지간한 상위 유저들은 전부 전설 등급 아이템 두세 개 씩은 뽑았을 정도.

　이안과 같은 최상위 랭커들은 신화 등급의 아이템 상자도 획득했으니, 잃는 만큼 얻는 것도 많은 에피소드라 할 수 있었던 것이다.

다만 걱정이 하나 있다면, 에피소드가 좀처럼 진척이 되지 않는다는 정도였다.

"이거 이러다가 일 년 내내 리치 킹이랑만 싸워야 하는 거 아니야?"

"글쎄. 요즘 봐서는 뭐, 그럴 수도 있을 듯?"

"에이, 설마. 1년이면 유저들 레벨이 전체적으로 엄청 오를 텐데, 그전에 에피 끝나겠지. 내 생각엔, 한 반년 정도……?"

"반년이라고? 난 어디로 사라져 버린 랭커들만 전부 돌아와도 지금 당장 리치 킹 잡을 수 있다고 봄."

"그건 좀……. 그때 랭커 팟 거의 오륙십 명이 한 큐에 전멸당한 거 기억 못 함?"

지금까지 단 한 번.

에피소드의 최종 보스인 리치 킹은 유저들의 눈앞에 딱 한 번 모습을 드러낸 적이 있었다.

그리고 그 이후 아직 에피소드가 시작된 지 한 달 남짓 정도의 시간밖에 지나지 않았음에도, 수많은 유저들이 매일같이 갑론을박을 벌이고 있었다.

한 번 나타났었던 리치 킹의 위용이 너무도 강력했던 탓이었다.

영웅심리에 이끌려 리치 킹에게 도전했던 파티들은 채 5분도 버티지 못하고 전부 몰살당했으며, 그 모습은 공식 커뮤니티에 라이브로 방영되었다.

영상이 게시되어 있는 게시물에는 댓글만 수만 개 달려 있을 정도였다.

이안이나 샤크란 등 최정상급의 랭커가 있었다면 달랐을 것이라는 이야기부터 시작해서, 리치 킹의 공략법이라며 허무맹랑한 공략을 써서 올리는 유저들까지……

그렇게 한창 유저들이 달아올라 있던 그때, LB사에서 새로운 이벤트를 발표했다.

그리고 그것은, 수많은 유저들의 관심이 집중되기에 충분한 내용을 담고 있었다.


−10월 21일, 토요일 저녁 6시. 카일란 특집 방송이 공중파 3사에서 동시 방영됩니다!

올 하반기에 시작된 뉴 에피소드인, '리치 킹 샬리언과 어둠의 군단' 스토리가 점점 무르익어 가고 있습니다.

지금도 수많은 영웅들이 샬리언에 대적하기 위해 고군분투하고 있으며, 그 과정에서 수많은 명장면들과 파생된 흥미진진한 스토리들이 만들어졌습니다.

그리고 우리 LB소프트에서는, 이러한 흥미로운 이야깃거리들이 이대로 잊히는 것이 아쉽다고 생각했습니다.

하여 그 모든 이야기들을 엮어 '카일란 특집'으로 방영하고자 합니다.

앞으로 이 주일 뒤인 10월 17일 화요일.

그때까지 일어난 모든 전투와 퀘스트를 모니터링하여 저희 카일란 영상팀에서 편집한 뒤, 21일 토요일에 특집 영상으로 방영하도록 하겠습니다.

또, 본인의 플레이에 자신이 있으시거나 흥미로운 스토리를 가지고 있다고 생각하시는 유저분들께서는 17일 화요일 오후 5시까지 영상을 보내 주시기 바랍니다.

*채택된 영상들에 등장한 모든 분들께 100만 골드와 전설등급 무기 상자 등 푸짐한 보상을 지급해 드리며, 방송 지분에 비례하는 출연료를 별도로 지급합니다.

*당일 방영된 모든 영상에 대한 인기 투표를 시행하여, 순위에 따라 추가적인 보상을 지급합니다(보상은, 영상에 70퍼센트 이상의 비중으로 등장한 모든 유저들에게 지급됩니다).

1등 : '리치 킹 샬리언과 어둠의 군단' 에피소드 한정판 코스튬 세트 ('천군天君의 권능' 세트)

2등 : '리치 킹 샬리언과 어둠의 군단' 에피소드 한정판 코스튬 세트 ('명왕冥王의 위엄' 세트)

……중략……

카일란을 사랑해 주시는 여러분의 많은 참여 바랍니다.

*방송 예정 시간은 오후 6시~10시(방송 종료 시간은, 당일 방송 사정에 따라 10~30분 정도 변동될 수 있습니다.)


토요일 저녁 6시는, 그야말로 최고의 핫 타임 중 하나라고 할 수 있다.

그런데 1~2시간도 아니고 무려 4시간에 걸친 방송이라니.

심지어 게임 채널 같은 케이블도 아니고 공중파 3사에서 동시에 방영한다는 내용은 그야말로 충격적인 것이었다.

대한민국 게임 역사상 전례가 아예 없는 일인 것이다.


–대박이다. 지상파 3사에서 동시방영이라고? 그것도 저녁 6시부터?

–윗분, 공지 좀 제대로 읽읍시다. 난독임? 지상파가 아니라 '공중파' 잖아요.

–ㅋㅋㅋㅋㅋㅋㅋㅋㅋ 졸웃기네 ㅋㅋㅋㅋㅋ 윗 님이야 말로 정신 차리세요. 공중파=지상파. 똑같은 겁니다.

–ㅋㅋㅋㅋㅋㅋ 윗님들 덕에 현실웃음 터졌네. ㅋㅋ 그나저나 공중파 3사 동시 방영은 진짜 대박이네요. 이벤트 보상도 진짜 푸짐하고…….역시 카일란은 갓겜이군요.

–크으, 그나저나 보상 푸짐하기는 한데, 실용적인 건 별로 없네요. 물론 한정판 코스튬도 소장가치는 엄청날 것 같긴 한데…….

–저도 그게 조금 이상했는데, 형평성 때문에 어쩔 수 없다더라고요. 마족 유저들은 참여할 수 없는 이벤트니까요.

–아, 듣고 보니 그것도 그러네요. 일리가 있는 이야기임.

–그리고 사실, 보상 같은 거 없다고 해도 공중파 출현 자체가 대박임. 랭커들 생각해 보세요. 레미르같이 연예인급으로 예쁜 유저는 CF같은 거 들어올 수도 있을 듯?

카일란은 이미 게임에 조금이라도 관심이 있는 사람이라면 모르는 사람이 없을 정도로 유명한 게임이다.

하지만 이렇게 공중파의 골든타임에 방영된다면 게임에 관심이 없던 사람들까지도 흥미를 갖게 될 것이다.

최고의 퀄리티를 가진 카일란의 '영상미'는 게임이라면 고개를 젓던 사람들도 관심을 가질 수밖에 없도록 만드는 힘이 있었으니 말이다.

그리고 어떤 게임이나 마찬가지겠지만 카일란을 플레이하는 유저들은 보다 더 많은 사람들이 이 재밌는 게임을 즐기기를 원한다.

때문에 LB사에서 기획한 이번 이벤트는, 회사 자체적으로도 고무적일 뿐 아니라 유저들 입장에서도 최고의 선물과도 같은 이벤트라 할 수 있었다.

LB사의 공식 홈페이지에 올라온 공지사항은 올라오자마자 수십만 조횟수를 찍으며 엄청난 속도로 퍼져 나갔고, 유저들은 더욱 의욕적으로 에피소드와 관련된 퀘스트에 참여하기 시작했다.

앞이 잘 보이지 않을 정도로, 강렬한 눈보라가 휘몰아쳤다.

마치 빙계 마법사가 펼치는 '블리자드' 마법을 연상케 할 정도로 어마어마한 위력을 가진 눈보라.

한기 저항 옵션을 제대로 세팅하지 못한 이안 일행은 의외의 부분에서 고전하고 있었다.

"어우……! 진짜 죽는 줄 알았네. 무슨 필드가 이렇게 무식하게 추운 거야?"

훈이의 투덜거림에 레비아도 고개를 끄덕이며 몸을 부르르 떨었다.

"그러니까 말이에요. 그래도 이제 다 왔으니, 조금만 더 힘내면 될 것 같아요."

이안도 고개를 주억거리며 두 사람에게 동의했다.

"후유, 이럴 줄 알았으면 한기 저항 옵션 싹 맞춰서 둘둘 두르고 올걸."

"에이, 아마 그랬으면 어둠의 군단 뚫는 게 힘들었을 걸요? 이안 님, 지금 저항 옵션 전부 어둠 저항으로 싹 맞춰 놨잖아요."

"하긴, 그것도 그러네요."

훈이가 새빨개진 손을 연신 비비며 중얼거렸다.

"레미르 누나를 어떻게든 꼬여서 데려왔어야 하는 건데……."

"그러게. 왜 그 생각을 못 했지? 그 누나 데려왔으면 따뜻하게 움직일 수 있었을 텐데 말이지."

무려 마법사 랭킹 1위인 유저를 히터 정도로 취급하는 이안과 훈이였다.

하지만 레미르가 아쉬울 정도로 추운 것만은, 100퍼센트 진심이었다.

"지금이라도 데려오면 안 돼?"

"무슨 수로?"

"차원의 구슬 있잖아. 그거 쓰면 되지."

"어, 그러네? 진짜 데려올까?"

농담인지 진담인지 구분이 안 가는 대화를 진지한 표정으로 나누는 훈이와 이안을 향해 레비아가 고개를 절레절레 저으며 핀잔을 주었다.

"두 분, 쓸데없는 소리 말고 얼른 협곡이나 찾아봐요. 추워 죽겠으니까."

그에 이안과 훈이가 동시에 대답했다.

"옙, 누님!"

"알겠슴다, 누님!"

당황한 레비아가 예쁜 얼굴을 확 구기며 대꾸했다.

"누님은 누가 누님이에요? 훈이 님은 몰라도 이안 님은 나보다 오빠인 것 같은데."

그리고 진심으로 놀랐다는 표정이 된 훈이.

"에? 혼또? 진짜?"

"훈이, 누나한테 딱 한 대만 맞아 볼래? 신성력 풀 차징해서 제대로 때려 줄 수 있는데."

"이익……!"

실없는 이야기를 나누며 설산 위를 하염없이 걷는 세 사람.

크루피아 설산까지는 이안의 소환수를 타고 날아왔지만, 복잡한 지형 어딘가에 숨겨져 있을 프릴라니아 협곡을 찾기 위해서는 이렇게 걸어야만 했다.

그리고 1시간 정도를 추위에 떤 끝에, 세 사람은 드디어 프릴라니아 협곡의 입구를 찾아낼 수 있었다.

높다란 봉우리를 넘어 절벽 아래로 내려가자, 구름에 가려져 있던 웅장한 프릴라니아 협곡이 모습을 드러낸 것이다.

그 장관을 발견한 훈이가 감탄을 터뜨렸다.

"크으, 스마트폰이라도 들고 와서 인증샷 찍고 싶네."

"멍청아, 스크린샷 찍어."

"아, 맞네."

"추워서 뇌까지 얼어 버린 건 아니지?"

"우쒸."

오늘따라 흰소리를 많이 하는 훈이였다.

이안은 그에 장단을 맞춰주며 프릴라니아 협곡을 향해 조심스럽게 걸어 내려갔다.

완전히 미개척 지역이라고는 할 수 없지만, 커뮤니티를 뒤져 봐도 정보를 거의 얻을 수 없었던 프릴라니아 협곡.

그 입구에 발을 딛자, 이안 일행의 눈앞에 시스템 메시지가 주르륵 떠올랐다.

띠링-!

-'프릴라니아 협곡'에 진입하셨습니다.

-잊힌 북부 고대의 유적을 발견하여, 명성이 10만 만큼 상승합니다.

-'불굴의 탐험가' 칭호를 획득합니다.

떠오르는 시스템 메시지를 보며 이안이 속으로 중얼거렸다.

'역시, 최초 발견은 아니군.'

그런데 그때, 흥미로운 문구가 추가로 몇 줄 떠올랐다.

그리고 그것은 이안의 눈에만 떠오른 메시지였다.

-용신, '세카이토'의 축복이 내립니다.

-지금부터 '용족'으로 분류되는 모든 개체의 전투 능력이 50퍼센트
만큼 추가로 상승합니다.

-소환수 '뿍뿍이'의 전투 능력이 50퍼센트만큼 상승했습니다.

-소환수 '카르세우스'의 전투 능력이 50퍼센트만큼 상승했습니다.

"음……?"

이안은 살짝 놀란 표정이 되었다.

지금까지 이런 경우는 처음이었기 때문이었다.

'필드에 들어오는 것만으로 버프가 걸린 건가? 이런 맵이
있다는 얘기는 들어 본 적이 없는데…….'

그리고 지금껏 조용히 이안 일행의 뒤를 따르던 밀로스가,
의미심장한 목소리로 입을 열었다.

"선객이 있군요."

"선객이라면……. 누군가 이 안에 또 있다는 건가요?"

하지만 질문에 대한 대답을 듣기도 전에 이안의 눈앞에 새로운 시스템 메시지가 떠올랐다.

그리고 이번에는 이안 일행 전부가 당황한 표정이 되었다.

－용신, 세카이토의 신전에 신탁이 내려왔습니다.

－'프릴라니아 협곡' 필드 퀘스트가 발동합니다.

－'마룡의 잔재' 퀘스트가 시작됩니다.

－필드 바깥으로 빠져나가면 퀘스트가 자동으로 중단됩니다.

급작스럽게 떠오른 퀘스트 알림과 연이어 떠오르는 경고 메시지.

－주의! 10초 안에 협곡을 벗어나지 않으면 퀘스트가 시작됩니다. 퀘스트가 시작된 뒤에는 협곡을 나갈 수 없습니다!

－주의! 9초 안에 협곡을 벗어나지 않으면 퀘스트가 시작됩니다. 퀘스트가 시작된 뒤에는 협곡을 나갈 수 없습니다!

빨갛게 점멸하는 경고 메시지가 이안 일행에게 압박을 주었지만, 그 누구도 협곡 바깥으로 움직이지 않았다.

사실 그것은 당연한 것이기도 했다.

위험 요소가 있다 하여 히든 퀘스트를 마다할 인물은, 이 파티에 없었으니까.

이안이 씨익 웃으며 훈이와 레비아를 번갈아 응시했다.

"나갈 사람, 없죠?"

그리고 레비아와 훈이가 동시에 고개를 끄덕이며 대답했다.

"물론이죠!"

"당연한 걸 묻고 있어, 형은? 보나마나 히든 퀘일 텐데, 한 숟갈 얹어야지."

두 사람의 대답이 끝나자마자 10초의 시간은 지나갔고, 일행의 눈앞에는 퀘스트 창이 펼쳐졌다.

띠링-!

### 마룡의 잔재 (히든 퀘스트) (연속형 퀘스트)

말라카 대륙의 북동쪽, 프릴라니아 협곡.

드래곤들의 성지이자 고향과도 같은 곳인 드래곤 빌리지는, 마룡들에 의해 파괴된 뒤 오랜 시간 방치되어 있었다.

살아남은 몇몇 드래곤과 드래곤 테이머들이 빌리지를 재건하기 위해 노력했으나, 그들의 힘으로는 협곡 전체를 억누르고 있는 마룡의 잔재를 이겨 낼 수 없었던 것이다.

마룡 칼리파가 마계로 돌아가기 전 프릴라니아 협곡에 강력한 저주를 걸어 놨기 때문.

하지만 이제 인간계의 영웅들에 의해 마룡 칼리파는 제거되었다.

때문에 그의 결계 또한 약해졌고, 드디어 결계를 깨부술 수 있는 기회가 찾아왔다.

지금 인간계에 남은 마지막 드래곤 테이머가 이 드래곤 빌리지를 재건하려 한다.

그는 용신의 허락을 구했고, 그로부터 기회를 얻었다.

하지만 그가 권능을 빌려주었음에도 불구하고 마룡의 잔재를 걷어 내는 데 실패한다면, 용신 세카이토는 분노할 것이다.

드래곤 테이머를 도와 프릴라니아 협곡을 정화하자.

퀘스트 창을 찬찬히 읽고 난 이안의 두 눈이 살짝 커졌다.

'음, 용신 세카이토의 축복이라고? 그래서 드래곤들이 버
프를 받은 건가?'

퀘스트의 내용은 어렵지 않았다.

그 마룡 칼리파가 남긴 '결계'라는 것이 어떤 종류일지는
정확히 알 수 없었지만, 대충 짐작 가는 것도 있었다.

'제한시간 80분이라……. 어쩌면 과거 용신의 탑에 잠입했
을 때처럼 타임 어택 방식일지도.'

하지만 전혀 뜻을 알 수 없는 부분이 하나 있었으니, '히든
퀘스트' 옆에 쓰여 있는 '연속형 퀘스트'라는 문구였다.

이것은 이안조차도 처음 보는 것이었으니까.

그러나 이안은 여유로웠다.

'퀘스트를 시작해 보면 알게 되겠지.'

이안 일행은 긴장한 채, 당장이라도 전투를 할 수 있도록

상태를 점검했다.

그리고 잠시 후, 세 사람의 시야가 회오리치며 일그러졌다.

마치 공간을 휘저어 놓은 듯 알아볼 수 없을 정도로 일그러진 풍경.

일그러진 시야는 금방 다시 펼쳐졌고, 일행의 시야에는 다시 프릴라니아 협곡이 들어왔다.

하지만 같은 프릴라니아 협곡일 뿐, 눈앞에 펼쳐진 상황은 완벽히 달랐다.

고요하기 그지없었던 협곡이 지옥도로 변해 있었던 것이다.

협곡의 하늘이 붉게 물들기 시작했다.

─나약한 인간계의 드래곤들이여, 내 앞에 모두 무릎 꿇을지어다!

붉게 물든 하늘과 그 위에 떠 있는 시커먼 구름들.

새빨간 번개가 내려치는 협곡의 하늘에 거대한 드래곤의 그림자가 드리워져 있었다.

날카로운 돌기가 비늘 전체에 돋아 있는 흉악스러운 마룡의 모습.

그는 무척이나 낯익은 실루엣을 가진 드래곤이었고, 구체적인 생김새를 확인하지 않았음에도 이안은 그의 정체를 알 수 있었다.

'마룡 칼리파로군.'

완벽히 바뀌어버린 프릴라니아 협곡의 풍경 아래, 이안과 훈이, 그리고 레비아가 비장한 기세로 서 있었다.

하지만 이안 일행은 움직일 수 없었다.

AI에 의해 통제된 채 퀘스트가 진행되고 있었기 때문이었다.

지금 이안 일행이 할 수 있는 것은 관전뿐이었다.

하지만 그렇다고 해서 마음 놓고 있을 생각은 없었다.

지금은 퀘스트가 시작되기 직전이었고, 그렇다면 퀘스트를 성공시키기 위한 단서를 관전을 통해 조금이라도 더 얻어야하기 때문이었다.

쿠쿵- 쿠쿠쿵-!

여기저기 진동음이 울려 퍼지더니, 부분 부분 무너져 내리는 협곡의 절벽.

그리고 이안 일행의 바로 앞에, 목덜미에서 피가 철철 흘러넘치는 그린 드래곤 하나가 곤두박질쳐 내려왔다.

쿵-!

"크으윽…! 용신님께서 내리신 성스러운 힘을 마기 따위로 더럽히다니!"

이어서 쓰러진 그의 앞에, 칼리파와 비슷한 형태의 비늘을 가진 드래곤 한 마리가 내려앉았다.

이안은 그 드래곤을 면밀히 살핀 뒤 의아함을 느꼈다.

'데빌드래곤이랑 비슷한 외형이기는 한데……. 뭔가 훨씬 거대하고 강력해 보이는군.'

흉포하게 생긴 드래곤이 그린드래곤의 앞으로 다가서며 낮은 목소리로 입을 열었다.

"크르륵, 오직 마룡 칼리파 님만이 우리들의 절대자일 뿐. 존재조차 불분명한 용신이라는 작자가 무슨 소용이란 말인가!"

데빌드래곤의 말에, 그린드래곤이 이빨을 드러내며 으르렁거렸다.

"이 드래곤 빌리지가 바로, 용신님께서 존재하신다는 증거. 용신님은, 하찮은 네놈 따위가 함부로 입에 올릴 존재가 아니시다!"

"후후, 그렇다면……. 이 드래곤 빌리지를 파괴하면 되겠군."

크아아아오-!

데빌드래곤이 허공을 향해 입을 쩍 벌린 채 포효했다.

그러자 그의 입으로, 시커먼 기운이 빨려 들어오기 시작한다.

그리고 그 순간…….

띠링-!

이안 일행의 눈앞에 새로운 시스템 메시지가 떠올랐다.

—첫 번째 임무 '그린 드래곤 레리카를 보호하라!' 퀘스트가 발동됩니다.

-'붉은 눈의 마룡'을 빠르게 처치하여, 레리카를 보호하십시오.

-그린 드래곤 레리카가 사망할 시, 퀘스트에 실패하게 됩니다.

-임무에 성공하면, 다음 임무로 이어집니다.

-최종 클리어까지 남은 제한 시간 : 01:19:59

이안의 두 눈에 이채가 어렸다.

'연속형 퀘스트'라는 게 이런 의미였나?'

그리고 그와 동시에, 이안 파티를 지배하고 있던 AI의 힘이 풀리며 통제권이 돌아왔다.

이어서 이안과 훈이가 동시에 다급한 목소리로 말했다.

"레비아 님, 실드!"

"누나, 브레스 막아요!"

'붉은 눈의 마룡'이 뿜어낼 브레스를 막아야 그린 드래곤 레리카를 살릴 수 있을 것 같았기 때문이었다.

그리고 이안과 훈이의 입이 열리는 것과 동시에 미이 레비아는 '천신의 가호'를 캐스팅하고 있었다.

사제 랭킹 1위라는 타이틀을 가진 최고의 서포터답게 그녀의 판단은 정확하고 빨랐다.

우우웅-!

새하얀 빛의 방막이 허공에서부터 내려앉더니, 레리카의 주위를 견고히 감쌌다.

이어서 그 위로, 마룡의 브레스가 작렬했다.

콰쾅- 콰콰쾅-!

검붉은 빛깔을 띤 강렬한 용의 숨결.

브레스가 실드에 의해 와해되자 당황한 마룡이 고개를 두리번거렸다.

"쥐새끼 같은 놈들이 숨어들었군."

날카로운 어금니를 드러내며 으르렁거리는 마룡.

이안과 훈이가 동시에 하르가수스를 소환하며 마룡에게로 달려들었다.

물론 훈이의 하르가수스에는 훈이가 아닌 데스 나이트가 탑승해 있었다.

이안은 정령왕의 심판을 날카롭게 세우며 카르세우스를 향해 명령을 내렸다.

"카르세우스, 공간 차단!"

"알겠다, 주인."

그러자 빠르게 본체로 현신한 카르세우스가 쏜살같이 날아 마룡에의 퇴로를 차단했다.

"크아아! 죽어라, 이놈들!"

분노한 마룡이, 고막이 울릴 정도로 쩌렁쩌렁하게 울부짖으며 거대한 꼬리를 휘둘렀다.

후우웅─!

하르가수스를 타고 허공에서 달려드는 이안을 노린 공격.

하지만 이안은 예측했다는 듯 하르가수스의 고유 능력을 발동시켰다.

"하르가수스, 강하!"

쏴아아-!

강하 고유 능력이 발동하자마자, 하르가수스의 주변으로 시커먼 기류가 흘러넘친다.

강하가 발동할 때 생기는 찰나지간의 무적 이펙트였다.

완벽한 타이밍에 맞부딪힌 마룡의 꼬리는 시커먼 기류에 막혀 그대로 튕겨 나갔다.

"……!"

자신의 꼬리치기가 맥없이 튕겨 나가자, 당황했는지 마룡의 두 눈이 살짝 커졌다.

그리고 훈이의 데스나이트가 그 틈을 놓치지 않고 마룡의 옆구리에 창을 찔러 넣었다.

"어둠의 심판이 내리리라!"

콰콰콱-!

훈이의 첫 번째 데스나이트이자, 카일란 한국 서버에서 최초로 신화 등급까지 성장한 데스나이트 발람.

발람의 매서운 공격에 옆구리를 관통당한 마룡은 고통에 울부짖으며 바닥을 뒹굴었다.

캬아아아악-!

하지만 그것은 끝이 아니었다.

어느새 후방으로 접근한 카르세우스가 마룡의 목덜미를 물어뜯은 것이다.

콰악-!

-소환수 '카르세우스'가 '붉은 눈의 마룡'에게 치명적인 피해를 입혔습니다!

-'붉은 눈의 마룡'의 생명력이 159,800만큼 감소합니다.

이안 파티의 공격이 이어서 쏟아졌다.

지금까지는 수많은 언데드 몬스터들을 상대로 수적 열세를 이겨 왔던 이안 파티였지만, 지금은 반대의 상황이었다.

때문에 세 사람은, 신이 나서 마룡에게 맹공을 퍼부었다.

콰쾅- 쾅-!

훈이의 흑마법부터 시작해서, 라이와 할리의 연속 공격.

거기에 레비아의 빛 속성 디버프까지 연계되니 마룡의 생명력 게이지가 쭉쭉 깎여 나간다.

"크아아아아!"

마룡은 고통에 찬 표정으로 격렬하게 저항했으나, 이안 파티를 당해 낼 수 없었다.

마룡의 레벨은 고작 370 정도.

이안 혼자서도 어렵지 않게 상대할 수 있는 레벨이었으니, 세 사람의 협공을 당해 낼 재간이 없는 것이다.

"크윽, 네놈들…… 칼리파 님께서 용서치 않으시리라!"

빠르게 점멸하던 마룡의 생명력 게이지가 결국 바닥까지 떨어져 내렸다.

쿵-!

협곡의 바닥을 타고 커다란 굉음이 울려 퍼졌다.

결국 마룡의 거구가 바닥에 무너져 내린 것이다.

이어서 이안의 눈앞에, 새로운 시스템 메시지가 떠올랐다.

띠링-!

-첫 번째 임무를 성공적으로 완수하셨습니다!

-명성을 5만 만큼 획득합니다.

-다음 임무로 이어집니다.

-최종 클리어까지 남은 제한 시간 : 01:15:33

그리고 메시지가 떠오름과 동시에, 이안 일행의 귓가에 그린 드래곤 레리카의 음성이 들려왔다.

"오, 그대들은 용신 세카이토 님께서 보내신 영웅들이로군!"

이안이 고개를 끄덕이며 대답했다.

"그렇습니다."

그러자 다시 AI의 통제가 시작되며, 퀘스트 관전 모드로 시점이 바뀌었다.

레리카의 말이 다시 이어졌다.

"인간 영웅들이여, 나를 도와주지 않겠는가?"

마룡 칼리파의 비밀

민족의 대명절인 추석 연휴.

끝없이 밀리는 고속도로 덕에 귀성길 지옥을 경험한 세미는, 도착하자마자 서둘러 캡슐 방을 찾았다.

할머니 댁으로 들어갔다가는 다섯 명이나 되는 조카들을 놀아줘야 할 게 분명했기 때문이었다.

이미 고속도로에서 진이 다 빠져 버린 지금, 조카들의 습격을 당했다가는 뼈도 못 추릴 게 분명했다.

'추석 당일은 내일이니까, 오늘은 좀 놀다 들어가도 할머니께서 이해해 주시겠지.'

시내로 나온 세미는 스마트폰으로 지도를 켜서 캡슐 방의 위치를 검색했다.

그런데 문득 세미의 뇌리에 불안감이 엄습한다.

'제발, 휴일이라고 전부 닫은 건 아니겠지? 아니면 시골이라 캡슐 방이 아예 없을 수도 있나?'

다행히도, 캡슐 방은 지도에 두 곳이나 검색되었다.

하지만 역시 불길한 예감은 항상 적중하는 법.

두 군데의 캡슐 방 모두 전화를 받지 않았다.

"흐윽……."

세미의 가볍던 발걸음이 순식간에 무거워졌다.

하지만 그렇다고 해서 할머니 댁으로 들어갈 생각은 없었다.

세미의 목적지는 캡슐 방의 옆에 있던 피시방이었다.

피시방에 들어 온 세미가 알바생을 향해 힘없는 목소리로 말했다.

"12시간 선불요."

"……응?"

알바생은 당황한 표정으로 되물었다.

그에 세미가 또박또박한 목소리로 다시 말해 주었다.

"12시간 선불이라구요, 언니. 열. 두. 시. 간."

한창 피시 게임을 즐기던 중학생 시절, 세미는 한 번 피시방에 들어가면 10시간은 채우고 나오는 것이 기본이었다.

스무살이 넘었다 해서 그 버릇이 어디 도망갔을 리는 없었다.

"흐음, 피시방은 정말 오랜만이네. 예전에 하던 게임이나 좀 해 볼까?"

카일란을 못 하게 된 슬픔에 우울한 표정이 된 세미는, 칠 팔년 전에 하던 피시 게임들을 한 번씩 플레이해 보았다.

하지만 당시에는 그렇게 재밌던 게임들이 지금 플레이하니 너무 밋밋하고 금세 질려 버렸다.

"에이, 그냥 카일란 커뮤니티나 구경해야겠어. 오랜만에 정보 수집이나 해 볼까?"

능숙한 손놀림으로 라면과 음료수를 시킨 세미는 인터넷을 열어 카일란 공식 커뮤니티에 접속했다.

그리고 그녀의 시선은 커뮤니티 메인에 떠 있는 큼지막한 배너로 향했다.

-카일란 공카 추석 이벤트!
-카일란 공식 카페에서 선정한 유저 영상 중 인기순위 1~3위까지의 영상이 카일란 특집 방송에 실리게 됩니다!
-마음에 드는 영상에 투표할 시 공카 포인트 300p를 드립니다. 지금 바로 투표하세요!

배너에 큼지막하게 쓰여 있는 문구를 읽은 세미는 곧 흥미로운 표정이 되었다.

"호오……?"

그리고 뭐에 홀리기라도 한 듯, 세미의 마우스가 배너를 향해 빨려 들어갔다.

딸깍-.

이어서 세미의 모니터에 바둑판 형식으로 수십 개가 넘는 영상이 주르륵 나열되었다.

세미는 능숙하게 화면 구석에 있는 정렬 버튼을 눌러, '최신 순'으로 되어 있던 것을 '인기 순'으로 바꿔 보았다.

'분명 상위권에 이안느님 영상이 올라와 있겠지?'

세미가 찾는 것은 오로지 이안의 전투 영상.

심지어 올라와 있는 영상들을 보니 대부분이 따끈따끈한 라이브 영상이었다.

이안의 라이브 영상을 실시간으로 관전할 수 있다면, 캡슐방에 가지 못한 아쉬움도 많이 희석될 것 같았다.

그런데 잠시 후, 세미의 커다란 두 눈이 더 크게 확대되었다.

"어……?"

당연히 최상위권에 랭크되어 있을 줄 알았던 이안의 영상이 10위권 안쪽에 보이지 않았던 것이다.

하지만 스크롤을 조금 더 내리자, 20위권 정도에 랭크되어 있는 이안의 영상을 발견할 수 있었다.

그리고 영상의 옆에는, 올라온 지 1시간이 지나지 않았음을 뜻하는 'NEW!'라는 문구가 빨갛게 떠올라 있었다.

"그럼 그렇지."

이안이 유명해지기 전부터 그의 골수팬이었던 세미는, 뿌듯한 표정으로 영상을 클릭했다.

이어서 옆에 걸려 있던 헤드폰을 착용하고 본격적으로 영상 관람을 시작했다.

화면에 떠오른 배경은 새하얀 설원.

그리고 그 위에서, 이안을 비롯한 몇몇 랭커들이 수많은 어둠의 군대와 혈투를 벌이고 있었다.

하얀 설원이 새카맣게 뒤덮일 정도로 어마어마한 언데드 군단의 위용.

시작부터 흥미진진한 상황인데다 화면 구석에 띄워져 있는 'LIVE'라는 문구가, 세미를 영상에 더욱 집중하게 만들어 주었다.

"크, 역시 이안갓은 다대일 전투에서 최강이지."

훈이와 레비아의 서포팅을 받으며, 파죽지세로 언데드들의 포위를 뚫어 나가는 이안의 신위.

본인의 캐릭터를 하드하게 컨트롤하면서도 소환수들에게 일일이 오더를 내리는 모습은, 같은 소환술사 유저가 보았을 때 더욱 소름 돋는 광경이었다.

소환술사에 대한 이해도가 높을수록, 이안의 컨트롤이 얼마나 어려운 것인지 알아볼 수 있기 때문이었다.

그리고 거의 300레벨에 가까운 제법 높은 레벨의 소환술

사인 세미 또한, 이안의 영상을 전부 이해하며 즐길 수 있는
정도는 되었다.

한참 동안 영상을 관람하던 세미는, 채팅창을 열어 다른
유저들의 반응을 구경하기 시작했다.

　-하, 내 블러디 펜리르는 어둠의 군단 상대로 딜 몇만 정도 겨우 나오
던데……. 이안이 쓰는 펜리르는 무슨 단일 딜이 몇 십만 단위로 터지네.
　-님, 펜리르 렙 몇인데요?
　-270요.
　-이미 레벨 차이부터가 넘사벽이네. 비교할 걸 비교해야죠.
　-이안이 키우는 펜리르 레벨 몇인데요?
　-정확한 건 아니지만, 최소 350은 넘는 걸로 알고 있음요.
　-헐? 드래곤 말고 펜리르 레벨이 350이라고요?
　-네. 이안이 쓰는 소환수들 평균 레벨이 한 그쯤 될 거예요.
　-미쳤네. 아니 어떻게 그게 가능하지?
　-그야 이안 캐릭터 레벨 자체가 350이 훌쩍 넘으니 가능한 거죠.
　-아니, 주력 소환수 레벨이 캐릭터 레벨이랑 비슷한 건 당연한 건데,
저 많은 소환수들 레벨이 전부 350이 넘는다니 어이가 없어서 그러죠.
무슨 버그도 아니고…….

　채팅을 읽어 내려가던 세미가 피식 웃으며 한마디 거들
었다.

-버그는 아니고, 이안이죠.

-크, 윗 님, ㅇㅈ합니다.

-맞음. 버그보다 더 버그스러운 게 이안인듯.


일반적인 소환술사들은, 주력으로 키우는 소환수 하나를
정해서 경험치를 몰아주며 성장시킨다.

경험치가 분산될수록 레벨 업이 힘들어지기 때문에, 어쩔
수 없이 선택과 집중을 하는 것이다.

보유하고 있는 소환수의 숫자와 사냥 속도가 정비례한다
면 소환수가 많을수록 좋겠지만, 일반적으로는 그렇지 못하
기 때문이었다.

소환수가 많을수록 컨트롤이 힘들어지며, 그것은 곧 사냥
효율의 감소로 이어지니 말이다.

그렇기에 일반적인 소환술사들의 소환수 레벨 분포는,
100레벨 유저를 기준으로 주력 소환수가 90~95레벨 정도.

서브 소환수 두어 마리가 70~80정도인 것이 보통이었던
것이다.

하지만 이안은 달랐다.

이안의 경우에는, 모든 소환수들의 레벨을, 캐릭터 레벨의
90~95퍼센트 정도로 항상 맞춰 올리며 사냥해 온 것이다.

그리고 그것이, 이안이 동레벨대 소환술사들에 비해 강력
할 수밖에 없는 이유이기도 했다.

이안의 라이브 전투 영상을 관전하기 시작하자, 시간은 순식간에 지나갔다.

20~30분이 지나가는가 싶더니, 어느덧 4~5시간이 훌쩍 지나 버린 것이다.

그리고 시간이 지나감에 따라, 넓은 설원을 배경으로 끊임없이 전투를 거듭하던 이안 일행도, 어느덧 협곡에 도달하여 새로운 퀘스트를 진행하기 시작했다.

슬슬 끝없는 전투가 지겨워지려던 차에, 처음 보는 류의 흥미로운 퀘스트가 시작되자 세미의 집중력은 다시 상승했다.

"오, 이 퀘스트는 뭐지? 드래곤 빌리지라고?"

소환술사 유저이기에 더욱 흥미진진한 퀘스트 내용.

신이 나서 영상을 관람하던 세미는, 문득 생각하기 싫은 가정이 떠올랐다.

'그나저나 진성 선배가 정말 이안은 아니겠지……?'

이미 가상현실과 내에서는 기정사실화 되어 있는 명제를 아직까지 홀로 부정하는 중인 세미였다.

그리고 20위권이었던 이안의 라이브 영상은, 어느새 압도적인 랭킹 1위로 올라서 있었다.

그린 드래곤 레리카는, 마치 이 연속적인 퀘스트 내에서 진행 요원과도 같은 존재였다.

레비아에게 상처를 치료받은 뒤 녹색 머리를 한 궁사의 모습으로 폴리모프하여, 이안 일행을 안내하기 시작한 것이다.

그리고 레리카는 이전까지와는 다르게 이안을 '마스터'라 부르며 존칭을 사용했다.

–이쪽입니다, 마스터! 저쪽에 있는 혈석을 파괴해야 안쪽으로 진입할 수 있습니다.

그리고 그 호칭이 못마땅했는지, 훈이가 입을 삐죽거렸다.

"왜 저 형만 마스터고 나는 그냥 인간인 건데?"

그에 훈이의 뒤를 따르던 루가릭스가 입을 열었다.

"그야 이안이 이 파티의 마스터이기 때문이지."

"음? 이안 형이 파티의 마스터라고? 그게 무슨 말이야? 난 저 형을 마스터라고 인정한 적이 없는데?!"

앞장서서 걷던 이안이 훈이의 불만을 짧게 일축했다.

"내가 파티장이잖아 멍청아."

"아, 파티장……."

어딘가 나사 하나쯤은 빠진 듯 보이는 실없는 대화 내용이었지만 그와는 별개로, 연속적인 임무들은 긴박함 속에서 쉴 새 없이 진행되고 있었다.

–세 번째 임무를 성공적으로 완수하셨습니다!

–명성을 5만 만큼 획득합니다.

–다음 임무로 이어집니다.

이안 파티는 단 1초라도 아끼기 위해, 전력을 다해서 프릴라니아 협곡의 임무들을 수행해 나갔다.

퀘스트의 달성률 같은 것을 전혀 알 수 없기 때문에, 조금도 긴장을 늦출 수 없는 것이다.

그리고 그 과정에서, 세 랭커의 파티 플레이의 진가는 더욱더 돋보였다.

"내가 라이랑 같이 들어가서 레버를 돌릴게, 훈이 네가 루가릭스랑 같이 마룡들을 맡아."

"오케이, 알겠어!"

"레비아님은 허공에서 타이밍 좀 재 주세요. 서포팅도 부탁드리고요."

"그러도록 하죠."

협곡의 양쪽 절벽을 잇는 철판교鐵板橋.

다음 임무로 넘어가기 위해서는 절벽을 건너야 했고, 그러기 위해서는 직각으로 서 있는 철판교를 움직여 다리를 놓아야 했다.

철판교를 놓지 않으면 절벽 아래쪽에서 거센 소용돌이가 뿜어져 올라오기 때문에 비행으로 건널 수도 없는 구조였던 것이다.

타탓- 탓-!

이안을 태운 할리가 쏜살같이 움직여 어두운 동굴을 향해 뛰어 들어갔다.

이어서 그 뒤를 라이가 바짝 붙어 쫓아갔다.

그런데 잠시 후, 이안의 표정이 살짝 굳었다.

'이거, 뭔가 느낌이 안 좋은데.'

철판교를 움직일 수 있는 레버는 좌측 절벽에 난 동굴 안쪽에 존재했다.

그런데 레버가 있는 위치의 바로 앞쪽에, 강철로 된 차단기가 설치되어 있는 것을 발견한 것이다.

자세히 관찰하지 않았더라면 발견하지 못했을 수도 있는 기관장치.

그리고 이안의 느낌상 레버를 내려 전면의 철판교를 움직이는 순간 차단기가 내려오며 퇴로가 끊길 것 같았다.

'저거 분명 떨어져 내릴 텐데.'

하지만 머리를 굴리는 와중에도 이안은 멈추지 않고 계속해서 안쪽으로 들어갔다.

콰쾅- 쾅-!

동굴 입구를 지키는 하급 마족들을 단숨에 때려잡은 이안은, 빠르게 판단을 마치고는 라이에게 명령을 내렸다.

더 좋은 방법이 있을지도 모르지만, 시간을 아끼려면 과감하게 결정할 필요도 있었다.

"라이, 네가 안쪽으로 들어가서 레버를 내려."

"알겠다, 주인."

이안의 계획은 간단했다.

라이에게 대신 레버를 내리게 한 뒤, 자신은 동굴 바깥으로 빠져나갈 생각을 한 것이다.

타타탓-!

버프 스킬을 사용하지 않는다면 할리보다도 민첩성이 빠른 라이가 순식간에 레버를 향해 뛰어 들어갔다.

그리고 망설임 없이 레버를 아래로 당겨 내렸다.

그르륵- 그그극-!

그러자 이안의 예상대로, 차단기가 내려가며 라이가 그 안에 갇히고 말았다.

쿵-!

원래대로라면 파티원 중 한 사람의 발이 묶일 수밖에 없는 퀘스트 구조.

하지만 이안이 영리하게 파악한 덕에, 소환수 하나의 전력이 잠시 묶이는 것으로 페이즈 하나를 넘어갈 수 있게 된 것이다.

소환수야 소환 해제한 뒤 다시 소환하면 되기 때문에, 이안으로서는 최적의 판단을 한 것이라고 할 수 있었다.

일정 시간 라이를 사용할 수 없는 정도는 감수하면 될 일이었다.

띠링-!

-다섯 번째 임무를 성공적으로 완수하셨습니다!

-명성을 5만 만큼 획득합니다.

보는 이조차 숨이 막힐 정도로 쉴 틈 없이 전개되어 나갔다.

그렇게 차근차근 임무는 완수되어 갔고, 결국 열 개 정도의 연속 임무가 완수되었을 때, 드디어 연계 임무가 전부 완료되었음을 알리는 시스템 메시지가 떠올랐다.

이안의 스승이자 마수연성술의 창시자인, 엘프 최초의 반마 세르비안.

항상 조용하기 그지없었던 그의 연구소는 최근 많은 인파들로 북적이고 있었다.

이안으로 인해 마수연성술의 존재가 알려졌고, 세르비안의 연구소에서 마수연성을 할 수 있다는 사실이 밝혀졌기 때문이었다.

수많은 소환마 유저들이 세르비안의 연구소를 찾았고, 자신이 포획해 온 마수들을 연성하여 더 높은 등급의 마수를 연성해 내고자 노력했다.

마수연성에 들어가는 비용이 결코 저렴하지는 않았지만, 그럼에도 불구하고 그 인기는 식을 생각을 하지 않았다.

소환마들에게 있어서 한 등급 높은 마수의 존재는 전투에 어마어마한 도움이 되기 때문이었다.

그러나 수많은 마족 유저들이 세르비안의 연구소를 찾았음에도 불구하고, 이안처럼 마수 연성술사라는 히든 클래스를 얻어 간 유저는 아무도 없었다.

그들 중 누구도 세르비안의 눈에 차지 않았기 때문이었다.

-크흠, 이안이었다면 여기서는 이렇게 했을 텐데 말이지.

-역시 이 녀석도 열정이 부족해. 나의 제자 이안이었다면, 능력치를 하나하나 비교해 보며 가장 훌륭한 개체를 찾아내었을 텐데 말이야.

시간이 지나도 마음에 드는 인재가 나타나지 않자, 세르비안은 결국 새로운 제자를 들이는 것을 포기했다.

그리고 오래도록 쉬고 있었던 신화 등급 마수 연성에 대한 연구를 다시 시작했다.

세르비안의 연구는 과거 칼리파를 연성했을 때의 기록서에서 문제점을 찾는 것으로부터 시작되었다.

"크흐음, 분명 나의 이론은 틀리지 않았어. 그렇다면 연성 과정에서 실수를 했던 것일까?"

과거 마룡 칼리파를 연성했을 때 어째서 제어할 수 없는 괴물이 탄생했었는지, 세르비안은 아직도 그 이유를 찾지 못했다.

그리고 그 이유를 찾아내기 전까지는 다시 신화 등급 마수 연성에 도전할 수 없었다.

또다시 칼리파와 같은 존재가 탄생한다면 그것은 그야말로 재앙이었으니 말이다.

"연성의 마지막 과정에서 생겨났던 검붉은 기류. 그 의문의 힘의 정체를 찾아내야만 해."

칼리파를 연성하던 마지막 과정에서, 갑자기 연성마법진을 휘감으며 빨려 들어갔었던 정체불명의 기운.

그 기운에 대한 답을 찾아야만 또다시 같은 실수를 하지 않을 것이었다.

마수연성 기록서를 들여다보는 세르비안의 눈빛이 그 어느 때보다도 더욱 진지해졌다.

띠링-!

-모든 임무를 성공적으로 완수하셨습니다!

-마룡 칼리파의 결계가 무너지기 시작합니다.

-프릴라니아 협곡 마지막 구역이 오픈되었습니다.

-'마룡의 제단'으로 입장합니다.

-최종 클리어까지 남은 제한 시간 : 00:19:24

길고 구불구불하게 이어지던 프릴라니아 협곡이 드디어 그 끝을 보였다.

그리고 그 마지막 구역에는 새하얀 빛을 내뿜는 거대한 원형 포털이 열려 있었다.

이어서 지금껏 이안을 안내하던 그린 드래곤 레리카가 이안을 향해 고개를 숙여 보이며 입을 열었다.

그의 눈빛에는 무한한 존경이 담겨 있었다.

"부디 칼리파를 몰아내시어, 신성한 드래곤의 대지에 다시 활기를 가져와 주시길……."

레리카의 말에, 이안은 살짝 당황한 표정이 되었다.

'뭐야, 설마 칼리파랑 싸워야 하는 거야?'

차원 전쟁의 최종 보스였던 칼리파.

그의 어마어마한 힘을 떠올린 이안의 등에 한 줄기 식은땀이 흘러내렸다.

"이 안쪽에, 칼리파가 있는 겁니까……?"

그에 레리카가 고개를 끄덕이며 대답했다.

"그렇습니다, 마스터. 하나 너무 걱정하지 않으셔도 됩니다."

"……?"

부드럽게 미소 지은 레리카가 이안을 향해 손을 내밀었다.

그리고 그 손에는 마치 여의주처럼 생긴 새하얀 구슬이 들려 있었다.

"용신, 세카이토 님의 가호가 함께하실 것이기 때문입니다."

이안은 레리카의 손에 들린 구슬을 받아 들었다.

그러자 한 줄의 시스템 메시지가 떠올랐다.

-'진실의 눈' 아이템을 획득하셨습니다.

'진실의 눈? 이게 용신의 가호랑 무슨 관련이 있는 거지?'

이안은 '진실의 눈'이라는 아이템의 정보창도 한번 확인해 보고 싶었고, 잠시 숨을 고르며 정비도 하고 싶었지만 그럴 수 없었다.

지금 이 순간에도 시간은 흐르고 있었고, 때문에 조금도 지체할 수 없었으니 말이다.

때문에 간단히 훈이와 레비아를 한 번씩 응시하여 눈빛만을 빠르게 교환한 이안은, 망설임 없이 포털 안으로 발을 집어넣었다.

이안이 포탈 안으로 들어가자, 나머지 일행 또한 망설임 없이 그 안으로 들어섰다.

그러자 새하얗게 변했던 이안 일행의 시야가, 또다시 나선형으로 일그러지기 시작했다.

'으아아악!'

이안은 비명을 질렀지만 목소리는 나오지 않았다.

이안이 비명을 지른 이유는 간단했다.

포탈 바깥의 광경이 너무 끔찍했기 때문이었다.

바닥이 보이지 않을 정도로 높은 창공에 소환된 이안의 파티.

까마득한 아래로는 수많은 마룡과 드래곤들이 뒤엉켜 있는 프릴라니아 협곡의 모습이 스쳐 지나갔다.

그리고 이는 고소공포증이 있는 이안에게는 충분히 끔찍한 광경이었다. 하지만 다행히도 허공에 소환된 이안의 파티는 몸 하나 까딱할 수 없는 상태였다.

AI의 통제를 받았기 때문이었다.

상황을 파악한 뒤에야 겨우 놀란 가슴을 진정시킨 이안이 주변을 두리번거렸다.

AI의 통제를 받더라도, 시야는 움직일 수 있었다.

'휘유, 그나저나 대체 왜 공중에 소환된 건데? 공중전이라도 해야 되는 건가?'

한차례 투덜거린 이안은 다시 위쪽으로 시선을 돌렸다.

그리고 그곳에는, 두 마리의 거대한 드래곤이 서로를 마주 보고 있었다.

검붉은 비늘을 가진 흉포한 마룡인 칼리파와, 무척이나 낯익은 외형을 가진 한 마리의 드래곤.

그는 다름 아닌, 전쟁의 신룡 카르세우스였다.

그리고 카르세우스의 등에는 백발이 성성한 노인 하나가 올라타 있었다.

이안은 노인의 정체 또한 알 수 있었다.

'드래곤 테이머……. 오클리!'

과거 이안이 두 자리 수 레벨이던 시절, 봉인된 카르세우스의 영혼석을 이안에게 쥐여 준 바로 그 장본인.

오클리의 모습을 오랜만에 본 이안은 무척이나 반가운 표정이 되었다.

'그럼 지금 이 광경은, 당시 오클리가 말했었던 프릴라니아 협곡의 전투겠군.'

역사대로 영상이 흘러간다면, 이 전투에서 카르세우스는 패배할 것이다.

'그리고 크루피아 설산의 지하에 있는 비동으로 도망쳐 숨어들겠지'

하지만 오클리는 마룡들의 추적을 따돌리지 못했고, 결국 비동의 지하에 자신과 카르세우스의 영혼을 봉인하고 만다.

그 봉인되었던 카르세우스가 지금 이안과 함께 있는 것이고 말이다.

그리고 이안이 이런저런 생각을 하는 동안, 멈춰 있던 퀘스트가 다시 진행되기 시작했다.

─하찮은 인간 따위가 감히 나의 뜻에 맞서려는가!

칼리파의 포효에 오클리가 지팡이를 치켜들며 호통을 친다.

─이곳은 수천 년을 이어 내려온 우리들의 터전이다. 네놈이 아니라 마신이 오더라도, 우리는 물러설 수 없느니라!

─감히……!

분노한 칼리파와 오클리를 태운 카르세우스가 격돌하기 일보 직전의 상황.

그런데 그 순간, 갑자기 모든 것이 정지하며 이안의 눈앞에 시스템 메시지가 떠올랐다.

띠링-!

-'프릴라니아 최후의 전투' 임무가 발동됩니다.

-드래곤 테이머와 신룡 '카르세우스'를 도와, 마룡 칼리파를 물리치십시오.

-드래곤 테이머나 카르세우스 중 하나라도 사망할 시, 퀘스트에 실패하게 됩니다.(유저의 사망도 퀘스트 실패로 간주합니다.)

-임무에 성공하면, 다음 임무로 이어집니다.

-최종 클리어까지 남은 제한 시간 : 00:18:12

그리고 시스템 메시지를 읽어 내려간 이안은, 순간 당황할 수밖에 없었다.

'어, 저기 있는 카르세우스를 도우라고? 그럼 내 소환수 카르세우스는 어떻게 되는 거지? 카르세우스 두 마리가 싸우게 되는 건가?'

하지만 이안의 생각을 듣기라도 한 듯, 시스템 메시지가 추가로 떠오르며 의문을 해소시켜 주었다.

-스토리 진행상의 이유로, 퀘스트가 끝날 때까지 소환수 '카르세우스'를 사용하실 수 없습니다.

그제야 이안의 고개가 끄덕여졌다.

'역시 그렇군.'

이어서 한 줄의 시스템 메시지가 추가로 떠올랐다.

–앞으로 5초 후, 전투가 다시 시작됩니다.

메시지를 읽은 이안은, 빠르게 지형을 살피며 소환수들을 소환할 준비를 마쳤다.

특수한 공간으로 빨려 들어오며 모든 소환수들이 역소환 되었지만, 다행히 라이를 제외하고는 모든 소환수들의 소환 대기 시간이 없는 상태였다.

'어차피 공중전이 될 테니 뿍뿍이나 할리는 쓸 수도 없겠군.'

그리고 인벤토리를 확인한 이안이 입맛을 다셨다.

신화 등급의 대궁인 '마신의 분노'는 강화까지 싹 끝내 놓았음에도 아직까지 착용 조건을 갖추기 못했기 때문이었다.

명성 1,500만이야 채운 지 오래였지만, '노블레스' 등급을 충족시키지 못한 것이다.

게다가 지금은 공중전이기에 어쩔 수 없이 활을 사용해야 하는 상황이다.

'이번 퀘스트 끝나고 나면, 리치 킹 잡기 전에는 마왕을 찾아가야겠어. 릴리아나나 레카르도 중에 하날 찾아가서 노블레스 승급부터 시켜 달라고 해야지.'

이안은 쓴웃음을 지으며, 원래 사용하던 전설 등급의 대궁을 꺼내 들었다.

그런데 그때, 전장을 향해 다시 시선을 옮긴 이안의 두 눈이 크게 확대되었다.

카르세우스의 등에 타고 있던 오클리가 어느새 다른 인물로 바뀌어 있었기 때문이었다.

　게다가 그 인물은, 이안조차도 잘 알고 있는 '유저'였다.

　'노엘이……?'

　그리고 그 순간, 5초의 시간이 지나가며 전투는 다시 재개되었다.

　이안과 훈이는 서둘러 소환수를 소환해야 했다.

　빠르게 소환수를 소환하여 타지 않는다면, 협곡 바닥으로 추락하여 낙사하고 말 것이었으니까.

　물론 날개가 있는 레비아나 밀로스, 루가릭스는 상관없는 이야기였다.

　"뿍뿍이, 소환!"

　"하르가수스, 소환!"

　이안이 가장 처음 소환한 소환수는 뿍뿍이였으며, 훈이는 하르가수스를 소환하여 탑승했다.

　그런데 문제가 하나 생겼다.

　이안이 소환한 뿍뿍이가 거북의 모습으로 소환된 것이었다.

　그 때문에 이안의 엉덩이가 어비스 드래곤의 널찍한 등 대신 거북의 등껍질에 올라탄 모양새가 되고 말았다.

　당황한 이안이 빠르게 명령을 내렸다.

　"야, 뿍뿍! 빨리 폴리모프 풀어!"

　"알겠뿍!"

　후우웅-!

추락하기 직전에 어비스 드래곤의 위에 올라탄 이안은, 빠르게 허공으로 솟구쳐 카르세우스의 옆까지 다시 날아올랐다.

그리고 이안을 발견한 카노엘이 반가운 표정으로 입을 열었다.

"이안 형, 이거 어떻게 된 거야? 형이 여길 어떻게 왔어?"

하지만 대화를 더 이상 이어갈 수 없었다.

이안을 향해 마룡 칼리파가 달려든 탓이었다.

크아아오오!

거대한 덩치에 어울리지 않게 날렵한 움직임을 보이는 마룡 칼리파.

가까스로 그의 공격을 피해 낸 이안이, 빠른 동작으로 화살을 시위에 걸었다.

"나도 몰라, 인마! 일단 싸우기나 해!"

이어서 이안의 장기인, 속사가 시작되었다.

핑- 피핑- 핑-!

최고의 정확도를 자랑하는 이안의 화살은, 정확히 칼리파의 약점에 박혀 들어갔다.

작은 물체도 정확히 맞추는 이안에게, 거대한 덩치를 자랑하는 칼리파를 맞추는 것은 그야말로 식은 죽 먹기였던 것이다.

그렇게 이안의 공격을 시작으로, 본격적으로 '칼리파 레이드'가 시작되었다.

고대의 카르세우스를 탑승한 카노엘과 뽁뽁이를 탑승한 이안, 어둠의 드래곤 루가릭스를 탑승한 훈이와 하얀 광휘를 뿜어내고 있는 레비아가 레이드 파티의 구성원이었다.

처음에는 하르가수스를 탑승했던 훈이였지만, 더 높은 곳으로 날아오를 수는 없는 하르가수스의 특성 때문에 루가릭스에게로 옮겨 탄 것이었다.

그리고 이 전투는, 카일란 역사상 최초로 이루어진 100퍼센트 공중전 레이드였다.

"오오……! 뭐야, 이거 공중전이야?"

피시방 구석에서 의자를 뒤로 쭉 재낀 채, 군것질을 하며 모니터를 보고 있던 세미가 돌연 자세를 바로 하며 컴퓨터 앞으로 몸을 바싹 당겼다.

과자를 우물우물 씹는 세미의 두 눈이, 지금까지보다 더욱 반짝이기 시작했다.

"와, 이건 그냥 발 한번 헛디디면 끝이네?"

지금까지의 카일란에서도, 마음만 먹으면 공중전을 벌일 만 한 던전은 여러 곳이 있었다.

하지만 어디까지나 선택적 요소일 뿐, 아예 밟을 땅이 없는 이런 하드코어한 맵은 처음이었던 것이다.

공중전을 하다가도 바닥에 내려와 싸우기도 하고, 떨어지더라도 즉사할 수준의 높이는 아닌 맵이 대부분이었는데, 지금 이안 파티의 레이드 맵은 컨트롤 미스로 낙하하는 순간 그대로 사망할 게 분명한 높이였다.

세미는 흥미진진한 표정으로 채팅 창을 열어 유저들의 반응을 확인해 보았다.


−와 ㅋㅋ 살 떨려서 저기서 어떻게 전투를 함?

−이거 칼리파한테 맞아 죽는 게 문제가 아니라 삐끗해서 낙사할 확률이 더 높을 것 같은데요?

−그러게요. 그래도 양심은 있는지, 밟을 수 있는 지형이 몇 군데 보이기는 하네요.

−에, 어디요? 구름이 발아래 보일 정도로 까마득한 높이인데, 밟을 수 있는 지형이 어디 있어요?

−저 칼리파 주변에 조금 누런 금빛 나는 구름들 혹시 보이세요?

−아, 네. 보이네요.

−저 구름조각들은 밟아도 되는 지형이에요. 밟는 순간 사라지기는 하는데, 최소한 한 번 도약할 수는 있거든요.

−오, 그런 게 있어요?

−네. 대륙 동남부에서 할 수 있는 구름다리 퀘 해 보면 알 수 있는 정도입니다.

−이야, 이거 이러면 더 재밌겠는데?

채팅을 읽은 세미가 피식 웃으며 중얼거렸다.

"이건 뭐 거의 아케이드 게임 수준이네."

밟으면 사라지는 황금빛의 구름조각.

아케이드 게임에나 등장할 법한 콘텐츠인 것이다.

잠시 본인이 저 맵에서 레이드를 해야 한다고 생각하자 몸이 부르르 떨린 세미였지만, 지금은 관전자 입장이었다.

때문에 갈수록 흥미진진할 뿐이었다.

―죽어라! 미천한 인간계의 피조물들이여!

콰르릉― 콰콰쾅―!

마룡 칼리파의 포효와 함께 사방으로 강력한 기파가 뿜어져 나갔다.

맵 안에 있는 한 무조건 맞을 수밖에 없는 기의 파동.

직접적인 피해가 있는 광역 공격은 아니었으나, 치명적인 디버프를 거는 스킬이었다.

―마룡 '칼리파'의 고유 능력 '데몬 폴루션Demon Pollution'이 발동합니다.

―지속 시간 동안 모든 마기 피해를 75퍼센트만큼 추가로 입습니다.

―지속 시간 동안 항마력이 30퍼센트만큼 감소합니다.

―지속 시간 동안 마기 피해를 입을 시 입은 피해량의 7퍼센트만큼의 피해를 15초 동안 지속적으로 입습니다.

−모든 효과는 15분 동안 지속됩니다.

이안의 표정이 살짝 일그러졌다.

언데드와의 전투가 메인이라 생각하여 항마력 세팅도 제대로 하지 않은 상황인데, 어마어마한 디버프가 추가로 들어왔기 때문이었다.

게다가 지속 시간도 15분이나 된다.

클리어까지 남은 시간이 17분대인 것을 감안하면, 거의 마지막 순간까지 디버프를 안은 채 전투해야 한다는 이야기였다.

'공격은 아예 맞지 말라는 소리군.'

이안의 시선이 포효하는 칼리파의 머리 위로 슬쩍 향했다.

−마룡 칼리파 : Lv. 500

역시나 500이라는 어마어마한 수치의 레벨.

이런 디버프가 걸린 상황에서는, 꼬리치기만 맞아도 그대로 즉사할 수밖에 없으리라.

이안이 레비아를 향해 소리쳤다.

"레비아 님, 공격 버프 위주로 세팅해 주세요!"

그리고 그 말에, 레비아가 살짝 당황한 표정이 되었다.

"이 상황에서 공격 세팅을 하라고요? 그럼 우리 전부 한 방이면 사망할 거예요!"

"방어 버프 걸어도 똑같이 한 방이에요."

"……."

이안의 대미지 계산이 얼마나 정확한지 알고 있는 레비아
는, 곧바로 수긍하며 버프를 전부 공격력 위주로 세팅하였다.

그리고 방어 버프 대신, 움직임을 빠르게 만들어 주는 최
고 티어의 헤이스트 마법을 캐스팅하였다.

위이잉-!

-파티원 '레비아'의 고유 능력, '광휘의 칼날'이 발동합니다.

-앞으로 20분 동안, 모든 일반 공격의 피해량이 25퍼센트만큼 증가
합니다.

-파티원 '레비아'의 고유 능력, '빛의 전사'가 발동합니다.

-앞으로 25분 동안, 모든 파티원의 공격력이 37.5퍼센트만큼 증가합
니다.

-파티원 '레비아'의 고유 능력, '바람의 여신'이 발동합니다.

-앞으로 17분 동안 모든 파티원의 움직임이 22퍼센트만큼 빨라집니다.

모든 버프가 세팅되자 이안은 좀 더 적극적으로 움직이기
시작했다.

기왕 방어력을 완전히 도외시한 세팅을 하였으니, 최대한
공격적으로 움직여 볼 요량이었다.

"공격이야말로 최선의 방어지."

일반적인 RPG게임의 경우, 피격당한다고 해서 움직임이
제한되거나 하지는 않는다.

쉽게 말해 피격을 당하는 와중에도 역동작이 걸리지 않아,
맞는 것과 별개로 공격을 계속할 수 있다는 말이다.

하지만 카일란은 달랐다.

현실과 마찬가지로, 충격을 받으면 받는 만큼 몸이 밀리고 휘청하게 된다.

그리고 균형이 흐트러진 상황에서, 적에게 공격을 성공시키는 것은 당연히 훨씬 어려웠다.

때문에 이안의 중얼거림처럼, 공격 또한 하나의 방어 수단이 될 수 있었다.

예를 들어 드래곤의 꼬리가 날아들 때 몸통에 강한 충격을 주면 그 궤도를 비틀어 버릴 수 있다는 말이다.

물론 덩치가 거대한 칼리파의 경우, 어지간한 공격에는 몸체가 흔들리지도 않겠지만 말이다.

"훈이, 너는 언데드 뽑을 생각하지 말고 뒤에서 지원사격이나 최대한 해 줘! 형이 어그로 다 먹을게!"

그에 훈이가 삐죽거리며 대꾸했다.

"어차피 공중에서 소환할 수 있는 소환수도 없거든!"

레이스와 같은 유령 형태의 언데드야 허공에서도 소환할 수 있겠지만, 그런 류의 언데드들은 보스 레이드에서 전혀 도움이 되지 않는 하급 언데드들뿐이었다.

공중에서도 전투할 수 있는 언데드 중 최상위 티어인 '고스트 드래곤'이라는 녀석이 있기는 하지만, 아직 고스트 드래곤을 소환할 수 있는 흑마법사는 아무도 없었다.

때문에 훈이가 할 수 있는 것은, 각종 저주 마법과 함께,

단일 타깃의 공격 마법을 구사하는 것뿐이었다.

일반 마법사들의 화력보다는 조금 부족하겠지만, 그래도 충분히 도움은 될 것이었다.

뿍뿍이의 등을 박차고 허공으로 도약한 이안이, 연신 화살을 쏘아 내며 칼리파를 도발했다.

"그 둔한 몸으로 날 한 대라도 맞출 수 있겠냐, 돼룡아!"

그리고 이안으로부터 충격적인 인신공격(?)을 당한 칼리파가, 눈을 부라리며 이를 드러내었다.

-인간, 네놈부터 씹어 먹어 주마! 크아아오!

칼리파의 입에서 붉은 불꽃이 일렁인다.

얼핏 보면 드래곤 브레스가 발동될 때와 비슷해 보이는 이펙트.

하지만 칼리파와 이미 전투해 본 경험이 있는 이안은 이 이펙트가 다른 스킬의 발동 효과라는 것을 알고 있었다.

콰아아아-!

이내 칼리파의 입에서 붉은 섬광이 쏘아져 나왔다.

그리고 그것은, 브레스보다 두 배 이상 빠른 속도로 이안을 향해 쇄도했다.

하지만 브레스보다 타격 범위는 현저히 제한적이었다.

치이이익-!

붉은 광선이 지나간 자리에 있던 구름들이 새빨갛게 타오르며 사라져 갔다.

그리고 당연한 얘기겠지만, 공격 반경을 예측하고 있던 이안은 너무도 손쉽게 칼리파의 공격을 피해 내었다.

타탓-!

이안은 가벼운 발놀림으로 허공으로 뛰어올라 또다시 세 발의 화살을 쏘아 냈다.

피핑-!

화살은 여지없이 칼리파의 목덜미를 파고들었다.

-마룡 '칼리파'에게 치명적인 피해를 입혔습니다!

-마룡 '칼리파'의 생명력이 47,980만큼 감소합니다!

-마룡 '칼리파'에게…….

그리고 칼리파는, 더욱 분노한 표정으로 날뛰기 시작했다.

-쥐새끼 같은 놈! 용서치 않으리라!

분노한 칼리파가 육중한 몸을 허공에서 크게 비틀었다.

그러자 기다란 칼리파의 꼬리가 커다란 궤적을 그리며 이안을 향해 쇄도해 온다.

쐐애애액-!

파공음만으로도 그 파괴력을 짐작할 수 있는 어마어마한 꼬리치기 공격.

하지만 빛의 속도로 쏘아지는 마력 광선도 예측하여 피해 낸 이안이, 뻔한 경로로 날아드는 꼬리치기를 맞아 줄 리 만무했다.

탓-!

뿍뿍이의 등에서 뛰어내려 핀의 등에 올라타며, 완벽하게 칼리파의 공격을 무효화시킨 것이다.

물론 허공에서 체류하는 시간에도 이안의 두 손은 쉬지 않고 움직였다.

피핑- 핑-!

-마룡 '칼리파'의 생명력이 49,514만큼 감소합니다!

-마룡 '칼리파'의 생명력이 57,245만큼 감소합니다!

그리고 거의 곡예에 가까운 이안의 움직임을 본 훈이가 공격마법을 캐스팅하며 혀를 내둘렀다.

"진짜 저 형은, 게임을 위해 태어난 형인 것 같아."

모든 공격을 피해 내며 자신의 공격은 전부 명중시키는 이안.

이것은 그야말로 최고의 시나리오였지만, 한 가지 문제가 있었다.

활을 사용할 때 나오는 이안의 원거리 DPS가 심각하게 약하다는 점이었다.

500레벨의 레이드 보스인 칼리파 입장에서는, 그야말로 간지러운 수준의 대미지인 것이다.

게다가 뿍뿍이나 핀의 공격 스킬들 또한 대부분 광역공격 위주로 구성되어 있으니, 소환수들의 딜도 크게 기대할 수준이 되지 못했다.

뿍뿍이의 브레스야 강력하지만, 제한 시간 동안 한두 번

사용하는 것이 고작이니 말이다.

'크르르라도 핀한테 태워서 DPS를 올려야 하나……?'

여러 가지 방책을 생각해 봐도 딱히 마땅한 대책은 없는 상황.

주력 딜은 결국, 훈이가 해 줘야만 할 것 같았다.

이안이 뒤편으로 시선을 돌리며 훈이를 향해 소리쳤다.

"훈아, 제일 큰 걸로 가자! 크고 묵직한 거!"

그에 훈이가 어이없는 표정으로 되물었다.

"제일 큰 게 뭐야?"

"있잖아, 그거! 데스 메테오Death Meteor!"

"……!"

데스 메테오는 훈이가 가지고 있는 논타깃 공격 마법 중 가장 파괴력이 강한 마법이었다.

이름만 봐서는 마법사 클래스의 광역 공격기인 메테오와 비슷한 느낌이 드는 데스 메테오.

하지만 이 스킬은, 마법사의 메테오와는 완전히 성격이 다른 스킬이었다.

하늘에서 운석을 소환하는 메테오와는 달리, 발동 즉시 지팡이의 끝에서 작은 어둠의 운석이 소환되어 대상을 향해 쇄도하는 방식의 논타깃팅 공격 스킬이었던 것이다.

캐스팅 시간도 무척 짧을뿐더러, 재사용 대기 시간도 짧아서 연속으로 발동시킬 수 있다.

스킬 발동 방식으로 비교하자면, 메테오보다 오히려 파이어볼이나 아이스 블레스트 같은 스킬과 비슷한 느낌의 스킬이었다.

파괴력도 어마어마한 데다 연속적으로 발동시킬 수 있으니, 극딜을 뽑아 내야 하는 지금의 상황에서 제격인 것이다.

하지만 문제가 하나 있었다.

"이걸 어떻게 맞추라고!"

이 데스 메테오는, 맞추기가 무척이나 까다롭다.

투사체의 속도가 엄청나게 느리기 때문이다.

처음 운석을 소환하면 정말 굼벵이 기어가는 속도로 움직이다가, 갈수록 가속이 붙어 빨라지는 특이한 방식의 논타깃 스킬이었다.

때문에 강력한 파괴력에도 불구하고, 실전에서 이 스킬을 활용하는 흑마법사는 거의 없었다.

그러나 이안이 이러한 사실을 모르고 데스 메테오를 주문했을 리 없었다.

"설명할 시간 없으니까 일단 캐스팅 해!"

"아, 알겠어! 연속으로?"

"그냥 마력 고갈될 때까지 계속 소환해!"

평소에는 이안의 말에 투덜대는 훈이였지만, 전투 상황에서만큼은 예외였다.

의문점이 생기더라도 일단 이안의 오더에는 착실히 따랐다.

그것은 지금까지 수많은 전투를 함께해 오면서 생긴 신뢰에서 비롯된 것이었다.

콰아아아─!

훈이의 칠흑빛 완드 끝에서 강렬한 어둠의 기운이 소용돌이치기 시작했다.

이어서 잠시 후, 그 앞에서 거대한 어둠의 구체가 생성되었다.

고오오오─!

그리고 멀찍이서 그 모습을 본 레비아가 살짝 당황한 표정이 되었다.

날렵하게 움직이는 칼리파가 도무지 저 굼벵이같은 데스메테오를 맞아 주지 않을 것 같았기 때문이었다.

하지만 이안이 계속해서 어그로를 끄는 동안, 훈이는 데스메테오만을 계속해서 생성해 내었다.

그렇게 하나둘 쌓이기 시작한 어둠의 구체는, 잠시 후 열 개도 넘게 불어나기 시작했다.

이안 파티의 프릴라니아 협곡 던전 공략 영상은, 순식간에 화젯거리가 되어 수면 위로 떠올랐다.

처음에야 카일란 공식 커뮤니티에서만 방영되던 영상이었

지만, 이 영상이 특별한 히든 퀘스트와 관련되어 있다는 것이 알려지자 일파만파 퍼져 나가기 시작한 것이다.

커뮤니티의 영상 랭킹 부동의 1위인 것은 물론, 여러 인터넷 방송 BJ들까지 이안의 영상을 중계하는 데 열을 올렸다.

특히 커뮤니티 영상 목록 순위는, 1위부터 4위까지가 전부 프릴라니아 협곡 영상이 되어 버렸다.

2위부터 4위까지, 각각 훈이와 레비아, 카노엘의 개인 영상이 순위를 차지하게 된 것이다.

이안 개인 영상의 트래픽이 다운되기 시작하자, 영상에 접속하지 못한 인원들이 자연스럽게 파티원인 다른 유저들의 영상으로 유입된 탓이었다.

그리고 꼭 이안의 개인 영상이 보고 싶은 유저들은, BJ들의 방송으로 접속하여 시청했다.

물론 BJ들 중에서도, 특별히 핫한 채널은 따로 있었다.


-아, 저 시커먼 덩어리들의 정체를 아십니까, 여러분! 흑마법사 최강의 기술이라는 데스 메테오입니다!

-와 뭐지? 나 흑마법사 유전데 저런 기술 있는 거 지금 처음 알았어.

-그거야 너님이 허접이라 그런 듯. 데스 메테오를 모르다니; 저거 한때 엄청 유명했던 스킬인데.

-ㅇㅇ 맞음. 미국 서버 유저였나? 어떤 해외 서버 흑마법사 랭커 유저가 저걸로 드레이크 사냥하는 영상 올려서 떴었죠.

-라오렌 BJ님, 데스 메테오 설명 좀 부탁드려도 될까요?

-물론입니다, 찡이 님. 데스 메테오는 흑마법사 클래스에 현존하는 논 타깃 스킬 중 가장 DPS가 높은 스킬로서, 기본 계수 1,500퍼센트에 재사용 대기 시간이 1.5초밖에 되지 않는 어마어마한 기술이죠. 하지만 치명적인 단점이 있습니다. 단점은…….

카일란 전문 BJ로 유명세를 탄 유저인 라오렌.

그는 220레벨 정도의 궁사로, 중상위권 정도의 랭킹을 가지고 있는 평범한 유저였다.

하지만 입담이 좋고 카일란에 대한 지식이 풍부하여, 카일란 BJ들 중에서는 다섯 손가락에 꼽힐 정도로 유명한 인물이다.

원래 그는 일반 BJ들처럼 여러 랭커들의 영상을 고루 중계해 왔지만, 얼마 전부터 그의 채널은 로터스 길드 전용 채널로 바뀌었다.

지금으로부터 3개월 전쯤 로터스 길드에 영입되었기 때문이었다.

레벨은 가입 기준보다 많이 부족하지만, 길드의 마케팅을 위해 예외적으로 영입한 것이었다.

"흐, 역시 라오렌을 영입한 건 탁월한 선택이었어."

의자에 앉아 모니터를 응시하던 유현이 탁자에 놓인 커피를 한 모금 홀짝이며 기분 좋은 미소를 지어 보였다.

라오렌의 영입을 결정한 것이 자신인 만큼, 그 진가가 드러나기 시작하자 기분이 더욱 좋아진 것이다.

"그 진성이 영상 전담하는 에디터가 '소진'이라고 했었나. 그분까지 영입해서 아예 전담 팀을 하나 만들어도 괜찮을 것 같은데……."

'카일란'이 게임업계에 등장한 직후.

막 성장하기 시작하고 있던 가상현실 게임 산업은 그야말로 비약적인 발전을 이루었다. 기술력뿐만 아니라, 인지도 자체가 엄청나게 높아진 것이다.

게임의 기획적인 완성도부터 시작해서 차원이 다른 기술력까지.

'가상현실 게임'이라는 것이, 단순한 게임을 넘어 또 하나의 새로운 세상으로 사람들에게 인식되기 시작했다.

그리고 카일란이 출범한 지도 이제 수년이 지난 지금, '카일란'이라는 게임이 갖는 파급력은 정말 어마어마해졌다.

카일란의 거대 길드 하나하나가 거의 중소 기업 수준의 힘을 갖게 되었다고 해도 과언이 아닐 정도.

때문에 최근 카일란의 길드들은 그 시류에 맞춰 나가기 위해 발 빠르게 움직이는 중이었다.

유현이 BJ 라오렌을 영입한 것도 비슷한 이유였다.

'이안'을 비롯한 수많은 랭커들을 보유한, 명실공이 카일란 한국 서버 최고의 길드인 로터스.

'로터스'는 어느새 거대한 하나의 '콘텐츠'가 되어 있었고, 이 콘텐츠는 활용하기에 따라서 어마어마한 위력을 발휘할 수 있다는 것을 깨달은 것이다.

가장 쉬운 예를 들자면, 로터스 랭커들의 전투 영상들을 재가공하여 영상으로 방영하고, 거기에 들어가는 광고 수익만 가져올 수 있어도 어마어마한 이익이 생기는 것이다.

'라오렌을 통해 시청자들의 니즈를 분석하고, 입맛에 맞는 영상들을 재가공해서 유통해야겠어. 길드 자금이 충분히 모이면, 그걸로 아예 로터스 전용의 채널을 하나 개설하는 것도 좋겠지.'

최근 들어 게이머를 넘어 사업가적인 마인드를 가지게 된 유현이었다. 그리고 유현의 이러한 변화는 하린의 사업이 크게 성공하는 것을 보면서 생긴 것이었다.

"좋아, 이제 슬슬 다시 접속해 볼까?"

커피를 전부 마신 유현이 자리에서 일어나 다시 캡슐로 향했다.

점심을 먹은 뒤 1시간 정도 휴식을 즐겼으니 다시 게임에 접속하여 전쟁에 참전할 시간이었다.

어둠의 군대는 무척이나 강했기 때문에 추석 연휴라고는 해도 여유 부릴 시간 같은 것은 없었다.

이안이 돌아올 때까지, 어둠의 군대에게 단 하나의 영지도 내어 줄 생각이 없었으니까.

마룡 칼리파는 덩치에 비해 무척이나 빨랐다.

때문에 굼벵이 기어가듯 느릿느릿하게 움직이는 데스 메테오 따위는 안중에도 없다는 듯 이안 일행을 비웃었다.

–저런 저급하고 조잡한 능력으로 나를 상대하려 들다니!

으르렁거린 칼리파가 숨을 크게 들이마셨다.

그리고 허공을 향해 고개를 치켜들며 강하게 내뿜었다.

콰아아아–!

"……!"

이안조차도 듣도 보도 못한, 칼리파의 새로운 스킬이었다.

긴장한 이안의 시야에 시스템 메시지가 떠오르기 시작했다.

띠링–!

–마룡 '칼리파'의 고유 능력 '마령 소환'이 발동합니다.

–칼리파의 40퍼센트만큼의 전투 능력을 가진 마령의 드래곤들이 소환됩니다.

–마령의 드래곤을 처치할 시 칼리파의 생명력이 15퍼센트만큼 감소합니다.

시스템 메시지가 떠오르기 무섭게 보랏빛으로 일렁이는 다섯 마리의 작은 드래곤이 이안 일행의 앞에 나타났다.

그리고 이안의 표정이 살짝 굳었다.

'이건 좀 곤란한데…….'

갑자기 생겨난 다섯 마리의 골칫덩이들.

칼리파 하나만 상대하기도 시간이 부족한 마당에 화력을 집중시키기 어렵게 생겼으니 계획에 차질이 생긴 것이다.

'이렇게 된 이상 어쩔 수 없네.'

이안이 활을 다시 인벤토리에 집어넣고, 정령왕의 심판을 꺼내어 들었다.

최대한 안전하게 플레이하려 했던 계획을 변경할 수밖에 없는 상황이 된 것이다.

훈이가 이안을 향해 소리쳤다.

"형, 어떻게 할 거야? 나 계속 데스 메테오만 소환해?"

이어서 이안이 간결하게 대답했다.

"걱정하지 말고 시킨 거나 잘해!"

정령왕의 심판을 양손으로 단단히 거머쥔 이안이, 돌연 허공으로 도약했다.

타탓-!

그에 훈이의 두 눈이 휘둥그레졌다.

'저 미친 형이 또 무슨 짓을 하는 거야?'

사실 훈이는, 이안이 무슨 플레이를 하려는지 어렴풋이 짐작하고 있었다.

최강의 공격력을 가진 정령왕의 심판을 직접적으로 활용하기 위해서는, 아예 드래곤의 등에 올라타 근접 딜을 넣는 방법밖에 없기 때문이었다.

그것은 무척이나 위험천만했다.

격렬하게 몸을 비틀며 날아다니는 드래곤의 등에서 떨어지지 않는 것은, 그 자체만으로 엄청난 난이도였기 때문이었다.

"형, 고소공포증 있다며!"

"괜찮아, 내려다보지만 않으면 돼!"

"……."

어처구니 없다는 듯 한 표정을 짓는 훈이를 뒤로한 채, 이안은 소환된 마령의 드래곤의 등짝으로 몸을 날렸다.

탓-!

하지만 움직이는 드래곤의 등에 올라타는 것이, 말처럼 쉬울 리는 없었다. 이안이 등 위로 뛰어내리자마자, 드래곤이 허리를 비틀며 비행 방향을 선회한 것이다.

키아아오!

보는 것만으로도 아찔하기 그지없는 순간이었다.

정령왕의 심판을 역수로 틀어쥔 이안이, 드래곤의 등짝을 향해 창날을 강하게 찍어 내렸다.

콰콰콱-!

그러자 듣기 거북한 파열음과 함께 정령왕의 심판이 드래곤의 등에 틀어박혔다.

-'마령의 드래곤'에게 피해를 입혔습니다!

-'마령의 드래곤'의 생명력이 379,809만큼 감소합니다!

경황이 없었던 만큼, 이안은 드래곤의 약점을 노리지 못했다. 때문에 '치명적인 피해'가 발동하지 않았음에도 불구하고 37만이라는 어마어마한 대미지가 들어갔다.

활로 깨작깨작 공격할 때와는 차원이 다른 피해량이었다.

캬아아아악!

코통스러운지 흉포한 음성을 토해 내는 마령의 드래곤.

드래곤은 이안을 떨어뜨리려 몸부림쳤지만, 그것은 전혀 소용이 없었다. 등에 완벽히 안착한 이안은 이미 한쪽 팔로 드래곤의 목을 휘감은 상태였으니까.

"웃—차!"

드래곤의 목을 왼팔로 완벽하게 휘감은 이안이 정령왕의 심판을 연달아 휘둘렀다.

쾅— 콰쾅— 쾅—!

그러자 어마어마한 대미지가 들어가며 허공에서 황금빛 번개가 연달아 떨어져 내렸다.

정령왕의 심판에 붙어 있는 고유 능력 중 하나인, 심판의 번개의 효과였다.

-'마령의 드래곤'의 생명력이 587,982만큼 감소합니다!

-'마령의 드래곤'의 생명력이 771,928만큼 감소합니다!

덩치가 거대한 칼리파였다면 불가능한 전투 방식이었겠지만, 마령의 드래곤의 크기는 기껏해야 이안의 세 배 정도.

때문에 목의 두께도, 한 팔로도 충분히 휘감을 수 있을 만한 수준이었던 것이다.

캬아아오오!

연달아 들어오는 어마어마한 대미지에 당황한 마령의 드래곤이 고통에 몸부림치며 칼리파를 향해 빠르게 날아갔다.

그러나 생명력 게이지는 이미 절반 이하로 떨어져 깜빡이기 시작했다. 본인으로써는 어떻게 할 수 없는 이안을, 칼리파가 처치해 주기를 바라는 모양이었다.

그리고 그것을 인지한 이안의 입꼬리가 말려 올라갔다.

"어어, 이게 무슨 상황이죠? 갑자기 이안을 태운 드래곤이 칼리파를 향해 날아가고 있습니다!"

작은 방 안에서, 한 남자가 목청이 터져 나갈 듯 방송용 캠을 향해 소리쳤다.

그의 정체는 바로 BJ라오렌이었다.

몇 시간째 이안의 영상을 중계하고 있는 그였지만, 지치지도 않는지 아직까지 무척이나 열정적인 모습이었다.

라오렌의 얼굴은 금방이라도 터져 나갈 듯 시뻘겋게 달아올라 있었다.

"이건 너무 위험합니다! 드래곤의 속도가 너무 빨라서 핀이나 뿍뿍이가 이안을 구해 낼 수도 없어요!"

흥분한 목소리로 소리친 라오렌은, 모니터에 올라오는 시청자들의 채팅을 향해 시선을 돌렸다.

　-와, 이건 진짜 위기인 듯. 드디어 이안 게임 아웃되는 거 보는 건가?

　-노노 그럴 리가 없죠. 우리 이안느님이 어떤 분인데 게임아웃이라뇨!

　-님, 이거 완전 외통수인데, 그럼 저기서 어떻게 살아나온단 얘기임?

　-그, 그건……! 이안 님이 아시겠죠!

　-…….

　-쯧, 이분들 덕력이 부족하시네. 이안느님 소환수들이랑 위치 바꾸는 스킬 있으신 거 잊었음 다들? '공간왜곡' 쓰면 바로 살아나올 수 있을 듯.

　-아, 그러네……!

　-헐, 윗분 천재인 듯.


　채팅을 슬쩍 읽은 라오렌은 상황을 중계해야 한다는 사실도 잊은 채 모니터를 뚫어져라 응시하기 시작했다.

　'공간왜곡이라……. 그 말도 일리는 있지만, 왠지 도망칠 것 같은 느낌이 아니란 말이지…….'

　라오렌의 두 눈에 모니터 속 이안의 표정이 살짝 들어왔다.

　그리고 그 표정은 당황하거나 겁에 질린 표정이 결코 아니었다. 오히려 미소를 짓고 있어 여유로워 보이기까지 했다.

　'대체 뭘 보여 주려는 걸까?'

　라오렌은 자신도 모르게 마른침을 집어삼켰다.

　그야말로 일촉즉발의 순간이었다.

이제 두 마리의 드래곤이 곧 충돌할 것이고, 그 순간 조금이라도 실수한다면 이안은 어마어마한 대미지를 면할 수 없을 것이다.

그런데 그때, 라오렌의 두 눈이 휘둥그레졌다.

생각지도 못했던 상황이 펼쳐지기 시작한 탓이었다.

후우웅-!

갑자기 칼리파의 널찍한 등에 푸른빛이 일렁이더니, 새로운 소환수가 소환된 것이다.

쿠웅-!

칼리파의 등짝에서부터 커다란 소리가 퍼져 나갔다.

뭔가 쨍한 소리라기보다는, 묵직한 느낌이 드는 파열음.

그리고 어느새 칼리파의 등에는 이안의 소환수가 두 마리나 소환되어 있었다.

-크아아악-!

칼리파의 입에서 신음성이 새어 나왔다.

그의 등에 소환된 이안의 소환수 중 한 녀석이, 무척이나 거대하고 무거운, 게다가 단단한 녀석이었기 때문이었다.

소환수의 정체는 다름 아닌 떡대.

한동안 세리아의 손에 맡겨져 있던 떡대가 정말 오랜만에 이안의 손에 소환된 것이다.

그어어어-!

떡대가 괴성을 지르며 칼리파의 양쪽 날갯죽지를 움켜쥐었다. 그러자 칼리파의 등에 떡대가 엎드린 형국이 되었다.

그리고 그 위에 함께 소환된 소환마수인 '크르르'가 재빨리 올라탔다.

두 소환수의 소환을 시작으로, 이 모든 움직임이 이뤄지기까지 걸린 시간은 단 3초.

그 사이 이안이 탄 마령의 드래곤이 칼리파의 지척까지 날아들었고, 이안이 크르르를 향해 소리 질렀다.

"크르르, 파령섬! 파괴광선!"

다른 소환수들에 비해 부족했던 크르르의 레벨도 어느덧 340에 도달했다.

아직까지 전부 따라잡은 것은 아니지만, 그래도 다른 소환수들의 레벨 대비 90퍼센트 이상을 따라온 것이다.

그리고 단일 스킬 계수만큼은 최강을 자랑하는 크르르의 고유능력들이 동시에 터져 나왔다.

이것이 가능한 이유는 크르르의 '파령섬' 스킬이 즉발 스킬이기 때문이었다.

발동시키는 즉시, 대상에게 마염이 피어오르기 시작하여, 적이나 자신 중 하나가 사망할 때까지 결코 꺼지지 않는 죽음의 불꽃.

마령의 드래곤이 불꽃에 휩싸이기가 무섭게, 크르르의 입에서 강렬한 섬광이 뿜어져 나오기 시작했다.

콰아아아ㅡ!

계수가 4,000퍼센트에 가까운 무지막지한 공격 스킬인, '파괴광선'이 발동된 것이다.

그리고 그것으로 이안이 타고 있던 새끼 드래곤의 운명은 결정되었다.

ㅡ소환마수 '크르르'의 고유 능력인 '파괴광선'이 발동합니다.

ㅡ'마령의 드래곤'에게 치명적인 피해를 입혔습니다!

ㅡ'마령의 드래곤'의 생명력이 897,918만큼 감소합니다.

ㅡ'마령의 드래곤'을 성공적으로 처치하셨습니다!

ㅡ'마령의 드래곤'을 처치하여 칼리파의 생명력이 15퍼센트만큼 감소합니다.

키아아오ㅡ!

고통에 찬 비명을 지른 마령의 드래곤이, 그대로 한 줌의 재가 되어 사라졌다.

이미 이안에게 받은 공격으로 인해 생명력이 얼마 남아 있지 않았던 녀석이, 크르르의 무지막지한 마기 공격을 버텨 낼 수 있을 리 만무했던 것이다.

순간적으로 만들어진, 그야말로 그림 같은 멋진 장면이 연출되었다.

하지만 문제가 하나 생겼다.

마령의 드래곤이 사라지며, 그 위에 매달려 있던 이안이 바닥으로 추락하기 시작한 것이다.

그에 훈이와 레비아의 입에서 단발마의 비명 소리가 터져 나왔다.

"형!"

"이안 님!"

하지만 순간적으로 당황했을 뿐, 두 사람은 곧 평정을 찾았다.

랭커들 중에서도 단연 으뜸의 게임 센스를 가지고 있는 이안이, 이 정도의 당연한 상황도 예측하지 못했을 리는 없다고 생각한 것이다.

그리고 두 사람의 예상처럼 이안은 이미 생각해 둔 것이 있었다.

"공간왜곡!"

이안이 스킬을 발동시킴과 동시에, 이안과 크르르의 신형이 파란빛으로 물들기 시작했다. 공간왜곡 스킬을 펼쳐, 크르르와 자신의 자리를 바꿔 버린 것이었다.

우우웅―!

마룡 칼리파의 위.

정확히 말하자면, 그 위에 있는 떡대의 등짝으로 이안의 위치가 옮겨졌다.

이로써 죽었더라도 전혀 이상할 것 없었던 절체절명의 순간이, 완벽하게 모면되었다.

그렇다면 이안 대신 낙사하게 생긴 크르르는 어떻게 되었을까?

그야 간단했다. 이안이 소환 해제를 해 버린 것이다.

이 일련의 과정을 라이브로 지켜보고 있던 시청자들은, 난리가 나서 키보드를 두들기기 시작했다.

–와, 오졌다! 진짜 미쳤다!

–아니, 솔직히 입으로야 누구든 할 수 있는 플레이기는 한데, 어떻게 그 짧은 순간에 저걸 할 생각을 하는 거지?

–생각까지도 할 수 있다고 쳐요. 근데 진짜 해서 성공시킨 게 미친 거죠. 진짜 대박이다ㅋㅋㅋ

–헐; 난 모니터로 보고도 어떻게 된 건지 이해가 안 되는데. 방금 드래곤 하나, 대체 왜 녹은 거죠? 그리고 떨어지던 이안은 갑자기 어떻게 칼리파 위로 나타난 거고요?

–모르시면 나중에 다시 돌려 보셈. 지금 전투 아직 안 끝나서 그거 설명해 줄 시간 없음. 집중해야 됨.

–으아아아! 찬양해, 이안갓!

그리고 시청자들뿐 아니라, 중계 중이던 BJ라오렌도 그 자리에서 얼음이 되어 버렸다.

"이, 이건……."

닳고 닳은 인터넷 BJ인 라오렌은 지금 타이밍이야말로 독자들의 캐시를 뜯어낼 절호의 기회라는 걸 너무도 잘 알고 있었다.

방금 머리로 이해한 이안의 스킬 연계를 쭉 설명하기만 해도, 신이 난 독자들이 캐시를 쏠 것이 분명했기 때문이었다.

하지만 그럴 수 없었다.

지금 이 순간만큼은 이안의 움직임 하나하나에 집중하고 싶었던 것이다.

절체절명의 순간은 지나갔지만 이안이 서 있는 곳은 여전히 적진의 한복판.

아직까지 이안은 위기를 완벽히 벗어난 것이라 할 수 없었기 때문이다.

"이게 바로 이안입니다, 여러분! 오늘도 우리는 이안느님의 플레이를 보며 안구를 정화합니다!"

짧게 멘트를 친 라오렌은 다시 모니터에 집중했다.

그리고 다음 순간, 그는 고개를 살짝 갸웃거렸다.

'그나저나 떡대는 대체 왜 소환한 거지? 크르르가 논타깃 스킬을 맞추기 편하도록 발판이라도 되어 준 건가?'

나름대로 그럴싸한 추측이기는 했지만, 고작 그 이유 때문에 떡대를 소환했을 것 같지는 않았다.

라오렌의 감은, 느닷없이 소환된 떡대가 이안이 짜 놓은 설계에서 핵심적인 역할을 할 것이라고 말하고 있었다.

'대체 뭘까?'

그런데 그때, 라오렌의 머리를 번개같이 스쳐 가는 것이 하나 있었다.

"아, 이동속도……!"

거의 자신의 절반에 가까운 덩치를 가진 떡대를 태운 칼리파가, 무척이나 둔해진 것을 발견한 것이다.

어마어마한 무게와 덩치를 가진 떡대가 등에 매달리니 칼리파의 움직임에는 커다란 제약이 생길 수밖에 없었던 것이다.

그렇다고 떡대를 떼어 낼 수 있느냐면, 그것도 쉽지 않은 일이었다.

떡대를 떼어 내기 위해 몸을 뒤집기라도 한다면, 칼리파는 그대로 추락해 버릴 것이다.

순간적으로 무게중심이 확 쏠리면서 균형을 잃을 수밖에 없기 때문이다. 그리고 어느새, 굼벵이 같기만 하던 훈이의 데스 메테오들이 점점 속력을 내기 시작하고 있었다.

쾅- 콰쾅-!

-치명적인 피해를 입혔습니다!

-마룡 '칼리파'의 생명력이 480,912만큼 감소합니다.

-마룡 '칼리파'의 생명력이 375,131만큼 감소합니다.

떡대의 어깨에 단단히 자리를 잡은 이안이 칼리파의 등짝을 향해 맹렬히 창을 쑤셔 박았다.

그리고 그 대미지가 누적되자, 칼리파의 생명력 게이지도 제법 깎여 나가기 시작했다.

-크아아! 이놈들, 모조리 소멸시켜 버리겠다!

등에 올라탄 이안을 물리적으로 어찌할 방법이 없자, 칼리파가 새로운 고유 능력을 시전했다.

그러자 고막이 찢겨 나갈 듯한 강렬한 소리가 사방으로 퍼지며, 생명력 게이지가 쭉 하고 깎여 나갔다.

-마룡 '칼리파'의 고유 능력 '마룡의 포효'가 발동됩니다.

-생명력이 1,293,098만큼 감소합니다.

-'공포' 상태에 빠집니다.

-잠시 동안 캐릭터의 통제권을 잃습니다.

떠오른 시스템 메시지를 확인한 이안이 안도의 한숨을 내쉬었다.

'떡대가 골렘이라 진짜 다행이네.'

'무생물'에 속하는 떡대는, '공포' 상태 이상에 완벽히 면역이었다.

때문에 마룡의 포효에도 전혀 영향을 받지 않았고, 덕분에 통제권을 잃은 이안이 마룡의 등에서 떨어지지 않을 수 있었다.

하지만 그렇다고 해서 마룡의 포효가 위협적이지 않은 것은 아니었다.

포효로 인해 들어온 대미지만으로도, 혀가 내둘러지는 수준이었으니 말이다.

'미친, 이런 단발성 광역기 대미지가 백만이라니.'

광역 공격기 한 방으로, 이안의 생명력이 절반 이하로 떨어져 버린 것이다.

깜빡이기 시작한 생명력 게이지를 보며 이안이 아랫입술을 살짝 깨물었다.

'조금만, 조금만 더……!'

이안의 시선이 훈이를 향했다.

정확히 말하자면, 훈이로부터 쏟아지고 있는 수많은 데스메테오들을 향했다.

검정빛 구체들의 속도가 점점 빨라지고는 있었지만, 아직까지 칼리파를 맞추기에는 턱도 없는 수준이었다.

물론 이안이 생각해 둔 작전이 있기는 했으나, 그를 위해선 조금의 시간이 더 필요했다.

"노엘이, 카르세우스 컨트롤해서 마령의 드래곤들의 접근을 막아! 뿍뿍이는 훈이를 지키고!"

카노엘과 뿍뿍이에게 명령을 내린 이안이, 남아 있는 유일한 비행 소환수인 핀을 향해 시선을 돌렸다.

하지만 아직까지 명령을 내리지는 않았다.

이안이 생각하고 있는 '각'이 아직 나오지 않았기 때문이었다.

그리고 이 와중에, 남은 제한 시간은 5분 이하로 떨어져 있었다.

—아, 작전도 좋았고 전투까지 정말 예술이었는데……. 아무래도 제한 시간이 좀 부족하긴 한 것 같네요. 하지만 여러분, 저는 이안갓이 결국 퀘스트를 클리어할 거라고 봅니다!

BJ라오렌의 한마디에, 채팅창이 주르륵 하고 밀려 올라왔다.

—에이, 이안이라도 이번엔 무리임.
—무슨 소립니까, 윗분? 이렇게까지 해 놓고 퀘스트 실패가 뜰 리 없잖아요. 분명 이안갓이라면 방법을 만들어 낼 겁니다.
—엥, 윗 님. 아무리 이안이 좋아도 좀 냉정해질 필요도 있는 겁니다. 15분 가까이 걸려서 칼리파 생명력 이제 40퍼 남짓 깠는데, 남은 5분 안에 어떻게 저걸 죽여요?
—방법이 하나 있죠.
—음?
—훈이가 소환한 데스 메테오들이 전부 들어가면 됩니다.
—지금 여기에 그걸 모르는 사람도 있습니까?
—…….

너무도 당연한 이야기였지만, 지금 이 상황에서 방법은 그 것 하나밖에 없어 보였다.

그리고 라오렌이 기대하고 있는 것도 사실 그것이었다.

'이제 1분 정도면 데스 메테오들이 칼리파의 지척까지 다다를 텐데. 그때 어떻게든 칼리파를 묶어 둘 수만 있다면⋯⋯!'

물론 라오렌의 머리에, 칼리파를 묶어 둘 방법이 생각난 것은 아니었다.

막연히 이안이라면 어떤 방법이 있을 것이라고 짐작할 뿐이었던 것이다.

많은 사람들이 눈치채고 있지 못하지만, 칼리파의 이동속도가 느려진 것만으로도 메테오가 격중할 확률이 배 이상은 올라갔으니까.

그럼에도 불구하고 맞추기 힘들어 보인다는 것이 함정이기는 했지만 말이다.

'자, 이번에는 또 어떤 미친 짓을 할 거냐!'

모니터 속의 이안을 바라보며, 라오렌의 입꼬리가 말려 올라갔다.

너무도 비현실적이지만, 그래서 불가능해 보이지만, 이안이라면 뭔가를 보여 줄 것이라는, 아무 근거조차 없는 막연한 기대. 하지만 지금 이 순간 영상을 시청하는 수많은 유저들 중, 그 막연한 기대를 가진 사람이 라오렌만이 아닐 것이라는 것만큼은 확실한 사실이었다.

그리고 바로 그 순간, 라오렌의 두 눈이 조금씩 확대되기 시작했다.

지금 전장의 구도는 레이드 보스인 칼리파를 중심으로 이안의 파티가 에워싼 형국이었다.

훈이를 태우고 있는 루가릭스를 비롯한 세 마리의 드래곤이 새끼 드래곤들을 견제하고 있었으며, 레비아와 밀로스는 뒤에서 그들을 서포팅하고 있었다.

마지막으로 훈이는, 여전히 이안의 오더를 따라 데스 메테오를 소환할 뿐이었다.

하지만 한눈에 보아도 훈이의 메테오들은 실패한 것처럼 보였다.

이미 생성된 메테오들 중 3분의 1이 넘는 물량이 칼리파를 지나 목적지를 잃은 채 반대 방향으로 향하고 있던 것이다.

이동속도가 느려졌음에도 불구하고, 칼리파가 어렵지 않게 투사체들을 피해 낸 것이다.

하지만 이안의 두 눈빛은 아직까지 힘을 잃지 않고 있었다.

오히려 그의 두 눈빛은, 먹잇감을 노려보는 맹수의 눈빛처럼 예리하게 빛나고 있었다.

'지금……!'

눈앞에 불쑥 나타난 황금빛 구름.

떡대의 팔을 붙들고 있던 이안이 망설임 없이 허공으로 뛰어 올랐다. 그리고 그와 동시에, 소환수들에게 명령을 내리기 시작했다.

"핀, 분쇄!"

끼아아오오!

먼저 핀에게 명령을 내린 이안이 구름을 밟으며 재차 도약하여 뛰어올랐다.

이안이 밟자마자 구름은 사라졌지만 그는 당황하지 않았다.

연이어 밟을 수 있는 구름들이 한쪽 지역에 모여 있었기 때문이다.

그리고 놀라운 것은, 구름을 밟으며 뛰어다니는 이안의 모습이 아니었다.

핀의 고유 능력인 '분쇄'와 '데스 메테오'가 시너지를 내기 시작한 것이, 가장 놀라운 장면이었던 것이다.

핀의 고유 능력인 '분쇄'는 거센 강풍을 일으켜 도트 대미지를 주는 광역 스킬이었고, 이 광풍은 당연히 투사체에도 영향을 미치는 것이었다.

때문에 굼벵이처럼 움직이던 메테오들이 점점 빨라지기 시작했다.

그리고 여유 있던 칼리파조차도, 이 연계 공격에는 당황할 수밖에 없었다. 지금껏 완벽히 피해 내고 있던 데스 메테오들이, 여기저기를 스쳐 지나가며 대미지를 주었던 것이다.

-크아악! 하찮은 잔재주를 쓰다니!

하지만 아직까진 뭔가 부족한 상황이었다.

거의 두세 배 가량 투사체들의 속도가 빨라졌으나, 그렇다고 해서 모든 데스 메테오들을 격중시킬 수 있는 것은 아니었기 때문이었다.

시간이라도 많이 남아 있으면 모르지만, 이제 이안 파티에게 남은 시간이라고는 고작 1분여 정도.

아직까지 30퍼센트도 넘게 남은 칼리파의 생명력을 생각해 본다면, 턱도 없이 부족한 시간이라고 할 수 있었다.

그런데 바로 그때, 정신없이 구름을 밟으며 뛰어다니던 이안이 그 누구도 생각지 못했던 스킬을 발동시켰다.

"떡대, 어비스 홀!"

그리고 다음 순간, 전장에 널려 있던 수많은 칠흑의 운석들이 떡대를 향해 빨려 들어가기 시작했다.

카일란의 모든 범위 공격 스킬과 논타깃팅 스킬은 '적'으로 인지하지 않는 대상에게 피해를 입히지 않는다.

그렇기에 PK를 할 때에도, 일단 타깃팅 스킬이나 일반 공격으로 대상을 공격하여 '적대' 상태로 만들고 시작하는 것이다.

그리고 당연한 이야기겠지만, 이안은 이러한 스킬 시스템을 완벽히 이해하고 있었다.

때문에 어비스 홀을 이용하여 투사체들을 끌어당긴다는, 기상천외한 발상을 해낼 수 있었던 것이었다.

데스 메테오를 아무리 많이 빨아들이더라도 훈이와 같은 파티원인 떡대는 조금도 피해를 입지 않을 테니 말이다.

그렇다면 이안은, 과거에 가신에게 맡겨 두었던 떡대를 어째서 가지고 있었을까?

그 답은 의외로 간단했다.

가신인 세리아에 비해 이안의 통솔력 수치 여유가 많이 남아 있었던 것이다.

떡대를 맡긴 이후 100레벨도 넘게 레벨 업을 하는 동안, 이안이 늘린 소환수라고는 크르르 하나뿐이었다.

통솔력은 당시에 비해 두 배 가까이 늘었는데 소환수는 늘리지 않았으니, 여유가 생길 수밖에 없는 것.

물론 보유하고 있던 소환수들이 진화하기도 하고 레벨도 오르면서, 필요 통솔력 자체가 많아지기는 했다.

하지만 그렇다고 해서 두 배까지 증가하지는 않았다.

하여 결론적으로 지금의 이안에게는 신화 등급의 소환수 하나 정도는 유지시킬 수 있는 통솔력이 남아 있었다.

때문에 떡대를 말 그대로 '가지고 있었던 것'이었다.

'이런 식으로 쓰게 될 줄은 꿈에도 몰랐지만 말이지.'

이안의 명령을 받은 떡대가 양손을 살짝 들더니 칼리파의 등짝을 그대로 내려쳤다.

쾅-!

그러자 원뿔의 형태로 강력한 충격파가 널찍하게 뻗어 나갔다.

-소환수 '떡대'의 고유 능력 '어비스 홀'이 발동합니다.

-마룡 '칼리파'에게 27,983만큼의 피해를 입혔습니다.

어비스 홀의 광역 피해량은 초라하기 그지없었다.

심지어 이안이 쏘아 대던 화살보다도 약했으니, 칼리파의 입장에서는 간지러울 수준인 것이었다.

하지만 문제는 충격파 위에 소환되는 강력한 소용돌이였다.

콰아아아-!

전방에 뻗어 나간 파장들이 커다란 소리를 만들어 내며 거세게 몰아친다. 그리고 파랗게 빛나는 그 섬광들은 회오리가 되어, 주변의 모든 물체들을 끌어당기기 시작했다.

그러자 당황한 칼리파가 소용돌이를 빠져나가기 위해 발버둥 쳤다.

캬아아오-!

거대한 몸을 꿈틀대며 있는 힘을 다해 날개를 펄럭였지만, 전혀 소용이 없었다. 떡대라는 거대한 짐짝을 몸에 달고 있는 지금, 최강의 CC기인 어비스 홀의 인력引力을 극복해 내는 것은 불가능했기 때문이었다.

게다가 어비스 홀이 소환된 위치가 아예 칼리파의 몸통 위였으니, 그야말로 외통수라 할 수 있었다.

쾅쾅- 쾅쾅쾅-!

일차적으로 근처에 인접해 있던 일곱 개 정도의 죽음의 운석들이, 어비스 홀이 발동되자마자 칼리파의 몸으로 빨려 들어와 폭발했다.

-칼리파의 생명력이 40,982만큼 감소합니다.

-칼리파의 생명력이 34,421만큼 감소합니다.

-칼리파의 생명력이 1,315,122만큼 감소합니다.

-칼리파의 생명력이 1,279,830만큼 감소합니다.

-칼리파의 생명력이 34,421만큼 감소합니다.

-칼리파의 생명력이 1,198,754만큼 감소합니다.

이안 파티의 눈앞에 피해량을 알리는 수많은 시스템 메시지들이 정신없이 밀려 올라갔다.

다섯 자리 수의 대미지들 사이에 정확히 일곱 개의 백만 단위 대미지가 섞여 있었다.

3~4만 정도밖에 되지 않는 대미지는 어비스 홀 스킬의 지속 대미지였고, 백만이 넘어가는 어마어마한 대미지가 바로 데스 메테오로 인한 것이었다.

그리고 이 한 방으로, 칼리파의 생명력 게이지가 뭉텅이로 잘려 나갔다.

그도 그럴 것이, 1초 만에 들어온 대미지가 천만 단위가 넘었던 것이다.

레이드 보스인 칼리파의 생명력은 억대가 넘는 괴랄한 수준이었지만, 그렇다고 하더라도 천만이라는 피해는 무시할 수 있을 만한 수치가 아니었다.

캬아아악-!

칼리파가 고통에 몸부림치며 괴성을 뿜어내었다.

하지만 이것은 시작일 뿐, 어비스 홀의 인력에 이끌리기 시작한 수십 개가 넘는 메테오들이 칼리파를 향해 다가오고 있었다.

후우웅-!

기본적으로 어비스 홀의 스킬 정보에는 어비스 홀의 '인력'이 영향을 미치는 범위가 명시되어 있지 않다.

지속시간 이후 폭파 대미지의 범위는 사방 10미터로 정확히 명시되어 있었으나, 끌어당기는 힘이 미치는 범위는 그보다 훨씬 광범위했던 것이다.

물론 20, 30미터 밖으로 넘어가게 되면, 인력은 현저히 약해진다. 지나가던 고블린조차도 콧방귀를 뀌며 지나갈 수 있는, 미미하기 그지없는 수준이 되는 것이다.

하지만 애초에 허공에 뜬 채 느릿느릿하게 움직이고 있는 데스 메테오의 경우, 약한 인력만으로도 궤도가 조금씩 바뀔 수밖에 없었다.

그리고 어비스 홀과 가까워질수록 엄청난 가속도가 붙게

된다. 하여 지금의 상황을 설계한 이안으로서도 상상하지 못했던, 어마어마한 광경이 연출되고 말았다.

콰- 콰콰쾅- 콰쾅-!

-칼리파의 생명력이 1,199,454만큼 감소합니다.

-칼리파의 생명력이 1,175,945만큼 감소합니다.

-칼리파의 생명력이 1,351,742만큼 감소합니다.

그리고 허공에 뜬 채 이 광경을 지켜보던 레비아는, 입을 쩍 벌리고 말았다.

"대, 대체 이게 뭐야……?"

수천만이 남아 있던 칼리파의 생명력이 눈 깜짝할 사이에 어디론가 사라져 버린 것이다.

하지만 레비아의 놀라움에 비견할 수 없을 정도로, 경악에 빠진 한 사람이 있었다.

그는 바로 이 데스메테오들을 소환한 장본인, 훈이였다.

"미, 미친……!"

훈이의 시야 한 쪽에 떠올라 있는 전투 정보 창.

그 안에 떠올라 있는 DPSDamage Per Sec의 수치를 확인한 것이다.

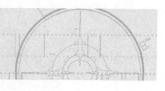

레이드 평균 DPS : 520,983
최근 1분간 평균 DPS : 1,652,151
순간 최대 DPS : 32,517,512

일반적인 300레벨대 랭커들이 보스 레이드 파티를 구성할 시, 딜러들에게 기대하는 DPS는 10~15만 정도이다.

필드 사냥에서야 100만이 넘는 DPS를 뽑아내는 랭커들이 많았지만, 그것은 많은 몬스터들을 한 번에 공격할 수 있는 광역기 때문에 뻥튀기된 DPS일 뿐이었다.

물론 저레벨의 허접한 보스를 상대할 때야 50만이 넘는 DPS도 뽑아낼 수 있겠지만, 레벨에 맞는 레이드를 기준으로 할 때의 이야기.

조금 더 파티의 수준을 올린다고 하더라도 큰 차이는 없었다.

각 클래스 랭킹 10위권의 최상위권 유저들로만 구성된 파티에서도, 딜러에게 20만 이상의 DPS를 바라지는 않으니 말이다.

보스 레이드에서 20만의 이상의 DPS는 훈이조차도 전력을 다해야 뽑아낼 수 있는 수치라는 이야기다.

그런데 지금 훈이의 눈앞에 떠올라 있는 DPS는 그야말로 상식을 파괴하는 것이었다.

'일, 십, 백, 천, 만…… . 뭐야, 3천만이라고?'

비록 순간 최대 DPS이기는 하지만, 3천만이라는 말도 안 되는 수치가 전투 정보 창에 찍힌 것이다.

수십 발의 메테오가 한순간에 터져 나가면서 비정상적인 DPS가 만들어진 것.

훈이의 개인 화면을 시청하고 있던 유저들은 그야말로 난리가 났다.

─ㅋㅋㅋㅋㅋㅋ잠깐만요. 나 지금 잘못 본 거 아니지?

─와ㅋㅋㅋㅋㅋ 돌았다. 지금 어이가 없어서 헛웃음이 나오네 ㅋㅋㅋㅋㅋ

─아니, 님들ㅋㅋ 제가 어제 진땀 빼며 사냥했던 레이드 보스 생명력이 3천만이었거든요? 방금 훈이 정보창에 뜬 DPS대로라면, 저 폭발 한 방에 제가 사냥했던 레이드 보스는 삭제된단 얘기네요. ㅋㅋㅋ

─윗 님ㅋㅋ 그건 님이 사냥했던 레이드 보스 레벨이 낮아서 그런 거고. ㅋㅋ아무튼 진짜 말이 안 나오네. 순간 DPS는 그렇다 치고, 평균 DPS도 50만이 넘잖아요, 지금ㅋㅋ

─혹시 방금 대폭발 일어나기 전에 훈이 평균DPS 본 사람 있나요?

─여기 있음. 방금 전까지 훈이 DPS 8만인가 그랬어요ㅋㅋㅋㅋ 폭발 한 방에 DPS가 50만까지 뻥튀기 되어 버림ㅋ

─답 없네, 진짜. 오늘만큼은 정말 훈이 간지 인정해야 되나 이거.

─ㄴㄴ 왜 훈이가 간지임. 이안이 다 떠먹여 준 건데. 난 오늘도 이안느님만을 찬양합니다. 이안 갓!

─인정합니다. 이안 갓!

이제는 제법 유명해져 팬클럽도 생긴 훈이였지만, 훈이의 팬들은 이안의 팬들과 조금 달랐다.

이안을 찬양하기 바쁜 이안의 팬들과 다르게, 훈이의 팬들은 훈이를 디스하는 재미로 팬을 자처하는 이들이었다.

그렇다고 안티는 아니다, 단지 훈이를 놀려먹는 게 재밌을 뿐.

어쨌든 이안의 설계는 기가 막히게 맞아떨어졌고, 어비스홀이 유지되는 10초 동안 거의 대부분의 데스 메테오들이 남김없이 칼리파의 몸뚱이로 빨려 들어갔다.

정확히 계산하기는 힘들어도, 얼추 6천만 정도의 대미지가 10초 만에 들어간 것이다.

그리고 한없이 많아만 보였던 칼리파의 생명력 게이지는 바닥까지 떨어지고 말았다.

-크아아, 이놈들……!

허공을 향해 고개를 치켜든 칼리파가 포효했다.

하지만 그것은 반격을 위한 포효가 아니었다.

소멸하는 레이드보스의 마지막 발악이었을 뿐.

쿠쿵- 쿠쿠쿵-!

맵 전체가 흔들리기 시작하며, 칼리파의 거구를 중심으로 시커먼 기운이 휘몰아쳤다.

그리고 그와 동시에, 일행의 눈앞에 새로운 시스템 메시지가 떠올랐다.

띠링-!

-마룡 '칼리파'의 잔재를 소멸시키는 데 성공하셨습니다!

–프릴라니아 협곡을 잠식하고 있던 마의 기운이 정화되기 시작합니다.

–용신 '세카이토'의 축복이 프릴라니아 협곡에 다시 내립니다.

–'마룡의 잔재' 퀘스트를 완료하셨습니다!

–명성을 30만 만큼 획득합니다.

퀘스트 완료 메시지를 확인하는 순간은 언제나 뿌듯하고 벅차오른다.

더해서 성공시킨 퀘스트가 이렇게 하드코어한 퀘스트일 때에, 그 뿌듯함은 배가될 수밖에 없었다.

소멸하는 칼리파의 이펙트를 보며 이안 일행은 환한 미소를 지었다.

주변을 둘러싸고 있던 결계도 사라져서 그들은 어느새 협곡의 땅을 밟고 서 있었다.

퀘스트의 주체였던 카노엘이 먼저 입을 열었다.

"와, 난 거의 포기하고 있었는데…….."

이안 일행이 나타나기 전, 혼자 퀘스트를 진행하고 있던 카노엘은 퀘스트를 포기하려던 참이었다.

칼리파가 등장하는 순간, 홀로 클리어하는 것이 불가능하다는 사실을 깨달았기 때문이었다.

퀘스트를 포기한 뒤 이안을 비롯한 로터스의 랭커들에게 지원을 요청하여 다시 시도하려고 했던 것이다.

하지만 기적적으로 이안 일행이 프릴라니아 협곡에 등장했고, 덕분에 클리어하게 된 것이다.

옆에 있던 훈이와 레비아도 한마디씩 거들었다.

"그러게, 형. 나도 사실 포기하고 있었거든. 이건 못 깨는 퀘스트라고 생각했어."

"저도요. 진짜 마지막 한 수는 상상도 못 했네요, 저도."

그리고 그들이 몇 마디 대화를 나누는 사이, 칼리파를 휘감고 있던 이펙트가 천천히 잦아들기 시작했다.

뿌듯한 표정을 짓고 있던 이안이 카노엘에게 물었다.

"그런데 노엘아."

"네, 형."

"넌 이 퀘스트 클리어 보상이 뭐야?"

"아, 저는요……."

일행은 전부 같은 퀘스트를 클리어했으나 각자 얻는 보상은 달랐다. 물론 조력자로서 퀘스트에 참여한 세 명의 보상은 엇비슷했으나, 퀘스트를 발동시킨 카노엘의 경우 완전히 다른 보상을 받을 수밖에 없는 것이다.

이것은 '드래곤 테이머' 클래스의 히든 퀘스트였으니까.

시스템 메시지를 다시 한 번 확인한 카노엘이 멋쩍은 웃음을 지으며 입을 열었다.

"신화 등급 머리 장식 하나랑 스킬 북 하나 그리고 신화 등급 드래곤 알이네요."

그리고 카노엘의 말을 들은 순간, 이안 일행의 신형이 일시에 휘청거렸다.

"뭐……?"

"헐."

"대박."

카노엘의 보상이 엄청날 것이라는 부분은 예상했던 것이었으나, 이것은 상상 이상이었기 때문이었다.

한데 이어지는 카노엘의 말은 더욱 놀라운 것이었다.

"어? 그러고 보니 원래 보상은 이게 아니었는데……? 아! 이거 퀘스트 초과 달성 보상이라는데요?"

"뭐라고?"

순간 무슨 말인지 이해하지 못한 이안이 곧바로 되물었고, 카노엘이 다시 입을 열었다.

하지만 카노엘이 그에 대한 대답을 하기 전, 이안의 눈앞에 시스템 메시지가 한발 먼저 떠올랐다.

-'마룡의 잔재' 퀘스트를 초과 달성하셨습니다.

-용신 '세카이토'와의 친밀도가 대폭 상승합니다.

-'용신 세카이토의 망토' 아이템을 획득합니다.

-'마룡 칼리파의 비밀'을 발견하였습니다.

-숨겨진 히든 에피소드가 발동합니다.

메시지를 확인한 이안의 시선이 본능적으로 칼리파를 향해 움직였다.

강렬한 이펙트와 함께 소멸되고 있었던, 아니, 소멸되고 있는 줄로 알았던 칼리파.

하지만 칼리파는 소멸되지 않았고, 커다란 날개를 쫙 펼치고 있었다.

"......!"

그런데 그 모습은 지금까지 이안 일행과 혈투를 벌이던 시커먼 마룡의 모습이 아니었다.

검붉은 비늘들로 뒤덮여 있던 기괴한 형상의 드래곤 대신, 눈이 부실 정도로 새하얀 빛을 반사하는 아름다운 드래곤이 나타나 있었던 것이다.

그리고 그 드래곤은, 이안에겐 무척이나 낯익은 녀석이었다.


언제였는지조차 알 수 없는 까마득히 먼 옛날.

존재하게 된 바로 그 순간부터 '파괴'와 '군림'은 마신 데이드몬을 만들어 낸 원동력이자, 그의 존재 이유였다.

칠흑같은 어둠의 심연 속에서 탄생한 데이드몬은 자신의 권능을 이용하여 마물들을 창조하였고, 그들에게 명령을 내려 수많은 크고 작은 차원계들을 파괴하고 정복해 왔다.

정복된 차원계는 마계의 일부가 되어 버리는 것이다.

그리고 그 과정은 이러했다.

마계의 군대에 의해 정복당한 차원계들은 일차적으로 마기에 의해 오염된다.

오염된 차원계는 시간이 갈수록 점점 '마계화'되어 가고,

종래에는 완연한 마계의 일부가 되어 버린다.

그렇게 마계의 일부가 되어 버린 차원계들은 데이드몬에 의해 고유 넘버를 부여받고, 마계의 구역 중 하나로 편입된다.

그리고 마계의 중앙 대륙을 중심으로 연결된 수많은 마계의 구역들이 바로 그 결과물이었다.

하지만 그러던 어느 날, 마계의 영역을 거침없이 넓혀 가던 데이드몬의 군대가 처음으로 정복 전쟁에 실패하게 되었다.

그것은 그냥 실패도 아닌 완전한 대패였다.

데이드몬의 군대들이 아무것도 해 보지 못한 채 전부 몰살당한 것이다.

그리고 그 차원계가 바로 인간계였다.

데이드몬은 충격에 빠졌다.

-인간계라……. 이곳은 나보다도 강력한 '권능을 가진 자'들이 존재하는 차원계로군.

'권능을 가진 자'라 함은 차원계의 '신'을 의미하는 것이다.

물론 지금껏 데이드몬이 정복했던 차원계들 또한 신이 존재했었지만, 그 권능이 미천하여 데이드몬의 군대를 막지 못했던 것이었다.

하지만 인간계는 달랐다.

이미 오랜 세월 피조물들을 다스려 온 많은 신들이 제각각 데이드몬에 비견되거나 더 강력한 권능을 가지고 있었던 것이다.

하여 데이드몬은 생각했다.

-이제 정복 전쟁을 멈추고 마계를 통치하여, 저들보다 강력한 권능을 쌓아야 할 때로다.

신의 권능은 피조물들의 신앙에서 비롯된다.

피조물들이 그들의 신을 정성으로 섬길수록, 신의 권능이 더욱 강력해지는 것이다.

또, 신의 권능이 강력할수록 그가 다스리는 차원계의 피조물들이 더욱 고등한 영혼을 갖게 된다.

결과적으로 신이 통치에 힘을 쓸수록 차원계가 더욱 고차원으로 발전하게 되는 것이다.

그리하여 자신의 부족함을 깨달은 데이드몬은 억겁의 세월을 인내하며 마계의 통치에 힘을 쏟는다.

그 결과 저등하기 그지없었던 마계의 피조물들이 진화하기 시작했고, 종래에는 '마족'이라는 고등생물까지 탄생하기에 이르렀다.

-내가 그대들의 신일지니. 나를 섬긴다면 그대들에게 강력한 힘을 허락하리라.

높은 지능을 보유한 마족들은, 마계를 더욱 빠르게 발전시켰다.

그들은 신의 존재를 인지하고 신을 믿기 시작하였으며, 덕분에 데이드몬의 권능은 더욱 강력해져 갔다.

하지만 여기서 문제가 생겨 버렸다.

고차원적인 지능을 갖게 된 마족들은 파괴와 정복 이외의 수많은 감정들을 갖게 되었고, 새로운 '가치'들에 눈을 뜬 것이다.

그 결과 마계에 새로운 신들이 생겨나기 시작한 것이다.

마계를 발전시켜 고위 차원계인 인간계를 정복하려 했던 데이드몬으로서는, 생각지도 못한 변수가 발생해 버린 것이다.

—감히 너희들이 나의 권위에 도전하려는가!

당연한 이야기겠지만 새로 탄생한 여러 마신들은, 데이드몬에 비해 허약하기 그지없는 존재들이었다.

데이드몬의 권능이 태양이라면 그들의 권능은 반딧불에 불과했고, 그들은 결코 데이드몬의 뜻을 거스를 수 없었다.

—어찌 데이드몬 님을 거역하리까.

—앞으로도 마계를 이끌어 주소서.

하지만 데이드몬은 불안했다.

—지금이야 내가 이들을 통제할 수 있지만, 언제까지나 이럴 수 있다는 보장은 없으리라.

마계에 평화가 지속될수록, 파괴와 정복의 마신인 자신보다는 다른 마신들의 권능이 빠르게 강해질 것이기 때문이었다.

하여 데이드몬은 무리한 결정을 내리기에 이르렀다.

또다시 인간계를 향한 정복전쟁을 시작한 것이다.

차원전쟁을 일으켜야만 파괴와 정복의 힘이 강해질 것이고, 그래야 자신이 마계의 최고신으로 계속해서 군림할 수 있을 것이기 때문이었다.

마계와 인접해 있는 차원계 중 가장 약체라고 할 수 있는 인간계는, 넘어야만 하는 하나의 산이었다.

데이드몬은 또다시 신탁을 내렸으며, 인간계를 향한 정복 전쟁이 시작되었다.

그리고 그 전쟁이 바로 천 년 전에 있었던 차원 전쟁이었던 것이다.

–무슨 수를 써서라도 인간계를 정복하리라!

과연 데이드몬의 군대는 이전과는 비교하기 힘들 정도로 강력해져 있었고, 엄청난 선전을 하였다.

인간계의 수많은 피조물들을 파괴하였으며, 인간계를 서서히 정복해 나간 것이다.

–크하핫. 이제 인간계 정복은 시간문제로다!

하지만 그것은 데이드몬의 착각에 불과했다.

지금껏 인간계의 신들은 그저 관망하고 있었던 것이었고, 마계의 군대가 물러날 기미가 보이지 않자 직접 관여하기 시작한 것이다.

인간계의 신들은 뛰어난 인간 영웅들을 간택하여 자신이 가진 강력한 권능을 부여하였다.

또 몇몇 드래곤들로 하여금 자신의 대리자가 되게 하였다.

하여 강력한 힘을 갖게 된 영웅들이 반격했고, 마계의 군대는 또 한 번 정복 전쟁에 실패하게 된 것이다.

물론 데이드몬도 자신의 피조물들에게 권능을 부여할 수는 있다.

하지만 신의 권능을 부여받은 존재는 권능을 지닌 채 다른 차원계로 넘어갈 수 없다.

그것은 태초부터 있었던 질서이자 불문율.

만약 이 불문율을 어긴다면, 지고한 절대신으로부터 신격神格을 회수당할 것이다.

때문에 마계의 군대는 패퇴할 수밖에 없었던 것이었다.

데이드몬은 상심했다.

이대로는 인간계를 정복할 방법이 보이지 않았기 때문이었다.

그런데 그로부터 몇백 년 뒤, 데이드몬은 자신의 차원계 안에서 신기한 존재를 발견하게 된다.

그 존재란 바로, 신의 권능 없이 탄생된 돌연변이 마수들이었다.

─규격외의 존재라는 것이 실재할 수 있는 것이었다니!

그리고 데이드몬은 하나의 편법을 생각해 내기에 이르렀다.

그 편법이란 바로 '규격 외'의 존재에게 자신의 권능을 부여하는 것.

여기서 규격 외의 존재란 신의 권능에 의해 창조된 것이 아닌 '돌연변이'를 의미한다.

그리고 규격 외의 존재는 절대 신의 통제를 벗어날 수 있는 유일한 존재였다. 그들이라면 절대 신이 만들어 놓은 태초의 불문율을 피해갈 수 있는 것이다.

그런데 아이러니하게도 이 돌연변이 마수들을 만들어 낸 존재는, 인간계로부터 넘어와 반마가 된 '엘프'라는 종족이었다.

–후후, 인간계의 신들은 결국 그들이 만들어 낸 피조물에 의해 파멸을 맞이하게 되겠군.

'엘프'라는 고등 종족인 '세르비안'은 뛰어난 지능과 탐구심을 가지고 있었다.

그는 수백 년 동안 마수들을 연구하여 '마수 연성'이라는 금단의 비술을 창조해 내었고, 신의 권능을 벗어난 '돌연변이'를 만들어 낸 것이다.

하여 데이드몬은 세르비안을 돕기 시작했다.

세르비안이 더 강력한 돌연변이를 탄생시킬 수 있도록 뒤에서 도운 것이다. 탄생한 돌연변이의 영혼의 그릇이 크면 클수록, 자신의 권능을 더 많이 받아들일 수 있기 때문이다.

그 결과, 고위 마족들보다도 더 뛰어난 위격을 가진 존재가 탄생하기에 이르렀다.

유리알같이 찬란한 비늘을 가진, 아름다운 순백의 드래곤.

데이드몬은 감탄했다.

용신 세카이토의 권능이 없었음에도 불구하고, 무려 '용족'의 위격을 가진 존재가 탄생한 것이었으니까.

–그래, 이 녀석이라면 충분하겠군.

데이드몬은 세르비안 몰래, 그 존재에게 자신이 내릴 수 있는 가장 강력한 권능을 부여했다.

그리하여 순백의 드래곤은 칠흑 같은 어둠으로 물들었으며, 온몸에 붉은 마기를 머금게 되었다.

그리고, 그렇게 탄생한 존재가 바로…….

마룡 칼리파였다.

이안의 개인 영상을 중계하던 라오렌은, 갑작스런 기현상에 당황하고 말았다.

"어……?"

수십 발의 데스 메테오가 끌려 들어가 펑 터지는 기막힌 매드 무비가 만들어진 뒤, 피크라고 할 수 있는 최고의 분위기가 연출된 상황에서 갑자기 영상이 멈춰 버렸기 때문이었다.

이안 일행이 퀘스트를 클리어한 것은 분명한데, 어째서인지 모든 것이 멈춰 버렸다.

"이거 버그인가요? 어떻게 된 건지 혹시 아시는 시청자분 계신가요?"

당연한 이야기겠지만, 당황한 것은 라오렌뿐만이 아니었다.

-어, 저만 지금 멈춘 거 아니죠?

-○○ 맞음. 제가 방금 확인하고 왔는데, 이안 파티 영상이 전부 다 멈춘 것 같아요.

-휴, 다행이네. 나만 라이브 보다 끊긴 줄 알고 당황했잖아.

-그나저나 대체 뭐죠? BJ님 말처럼 버그인가?

-에이 설마. 카일란에 지금까지 없던 버그가 갑자기 생길 이유가 없잖음.

-아무래도 그렇죠? 그럼 무슨 이유지……?


그렇게 5분 정도가 흘렀을까?

기다리다 지친 시청자들이 조금씩 채널에서 이탈하기 시작했다.

그에 라오렌도 중계를 종료해야 하는 것은 아닌지 고민되기 시작했다.

'어쩌지? LB사 고객 센터에 전화해서 어찌 된 일인지 알아봐야 하나?'

라오렌은 스마트폰을 들어 고객센터의 번호를 눌렀다.

그런데 바로 그때, 멈춰 있던 이안의 영상이 다시 움직이기 시작했다.

감겨 있던 이안의 눈이 천천히 뜨였다.

그리고 그와 동시에, 정지해 있던 모든 것이 다시 제자리를 찾아 움직였다.

그 누구도 이유를 알 수 없었던, 모든 것이 멈춰 버린 기현상.

하지만 당사자들은 그 이유를 알고 있었다.

세상이 멈춰 있던 5분 동안 그들의 눈앞에는 숨겨져 있던 히든 스토리가 펼쳐졌으니까.

그러나 모든 스토리를 완벽히 이해한 것은 이안뿐이었다.

훈이를 비롯한 다른 파티원들은 셀리파의 존재조차 알지 못했던 것이다.

'셀리파…… . 역시 그 녀석이었군.'

히든 스토리 덕분에, 이안은 그동안 이유를 알 수 없었던 많은 사건들이 이해되기 시작했다.

이안이 세르비안에게 히든 클래스를 얻으면서 함께 받았던 보상인 '알 수 없는 마수의 알'.

이로서 그 알이 칼리파의 알이었던 게 확실해진 것이다.

마신의 권능을 부여받은 셀리파가 바로, 마룡 칼리파라는 게 밝혀졌으니 말이다.

'마수연성술로 탄생한 칼리파가 아무 이유 없이 세르비안을 봉인시켰던 게 아니었어. 여기서부터가 바로 데이드몬이라는 마신 녀석의 뜻이었던 거로군.'

신화 등급의 마수를 연성해 내기 위한 계획을 세우면서,

이안이 가장 우려했던 부분이 이로써 해결되었다. 아니, 아직 해결된 것은 아니었지만, 원인을 알았으니 답도 찾을 수 있으리라.

퀘스트 초과 달성으로 발견하게 된 마신의 비하인드 스토리 덕분에, 생각지 못했던 비밀에 대해 알 수 있게 된 것이다.

'만약 이 사실을 모르고 신화 등급의 마수를 연성했더라면, 세르비안처럼 꼼짝없이 데이드몬에게 마수를 가져다 바칠 뻔했군.'

더하여 소소한 카일란 세계관의 설정들에 대해서도 알게되었다. 예를 들면 수많은 마계의 구역들이 어떻게 해서 탄생하게 되었는지 말이다.

이안이 히든 스토리에 대해 생각하는 동안 멈춰 있던 퀘스트가 다시 진행되었다.

우우웅-!

커다란 공명음이 울려 퍼지며, 이안 일행의 눈앞에 있던 셀리파의 환영이 점점 흐려지기 시작했다.

하늘을 뒤덮고 있던 먹구름이 걷혀 나가며, 셀리파가 사라진 그 자리에 새하얀 빛이 내려앉았다.

이어서 협곡에 흐르는 바람을 타고, 청량한 한 줄기의 푸른 바람이 불어왔다.

용신 '세카이토' 와의 재회

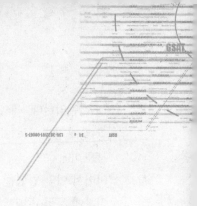

이안 일행의 앞에 넘실거리던 푸른빛은 점차 잦아들었다.

그리고 그 자리에는 아름다운 은발을 가진 신비로운 분위기의 소년이 나타났다.

－역시 그대로군, 여의주의 주인이여.

용신 세카이토.

그와 이안의 시선이 허공에서 맞부딪쳤다.

그리고 그 순간, 이안 일행의 통제권은 다시금 AI에게로 넘어갔다.

히든 스토리 진행이 시작된 것이다.

이안이, 아니, 이안의 AI가 세카이토를 향해 고개를 살짝 숙여 보이며 입을 열었다.

"오랜만입니다, 세카이토 님. 그간 잘 지내셨는지요."

그 말에 세카이토는 천천히 고개를 끄덕이며 대답했다.

─물론이다.

이어서 이안 일행을 향해 다가왔다.

허공에 두둥실 떠 있는 세카이토의 신형이 미끄러지듯 부드럽게 날아와 일행의 바로 앞에서 멈춰 섰다.

그의 시선이 이번에는 카노엘을 향했다.

─수고했다, 오클리의 후예여.

"감사합니다, 세카이토 님."

─그대의 용맹 덕에 이곳 프릴라니아를 억누르던 마룡의 잔재가 완벽히 지워졌구나.

"응당 해야 할 일을 하였을 뿐입니다."

─해야 할 일을 한다는 것. 그것만으로도 그대가 치하받을 이유는 충분하지.

세카이토가 한쪽 손을 천천히 들어올렸다.

그러자 그의 손에서 새파란 섬광이 뿜어져 나오기 시작했다.

─세상에는 해야 할 일을 하지 않는 이들이 수두룩하니 말이야.

눈이 부셔 온 세상이 하얗게 변할 정도로, 세카이토가 뿜어낸 섬광은 무척이나 강렬했다.

이어서 프릴라니아 협곡 전체를 비추던 그 파란빛은, 허공으로 퍼져 나가며 협곡 여기저기에 스며들어 갔다.

또, 수많은 드래곤의 그림자가 협곡에 내려앉았다.

그것은 그야말로 장관이라 할 만한 것이었다.

그리고 익숙한 기계음과 함께 월드 메시지가 울려 퍼졌다.

띠링-!

-프릴라니아 협곡에 용신 세카이토의 권능이 내립니다.

-드래곤 빌리지Dragon Village가 다시 모습을 드러냅니다.

-이제부터 대륙의 곳곳에 '드래곤' 몬스터가 등장합니다.

-이제부터 왕국의 수호룡을 설정할 시, '드래곤 나이트'를 양성할 수 있습니다.

-이제부터 특정 조건을 달성할 시 소환술사 클래스와 전사 클래스의 퓨전 클래스인 '드래곤 워리어' 클래스로 전직할 수 있습니다(퓨전 클래스는 한 캐릭터 당 최대 세 개까지 가질 수 있습니다).

-2티어의 히든 클래스인 '드래곤 브리더' 클래스가 추가되었습니다(소환술사 클래스에 한해, 특정 조건을 충족할 시 전직할 수 있습니다).

월드 메시지의 내용은 그야말로 놀라운 것이었다.

특히 '국왕'이라는 신분을 갖고 있는 이안의 경우 '드래곤 나이트'라는 병력을 양성할 수 있다는 부분에 유독 흥미가 생겼다.

'이름부터 간지 나네. 드래곤 나이트라니……. 와이번 나이트보다 배 이상은 강력하겠지?'

이안이 월드 메시지를 보며 이런저런 생각을 하는 사이, 카노엘에게 볼일이 끝난 세카이토가 다시 이안을 향해 다가

왔다.

물론 이안은 따로 반응을 할 필요가 없었다.

여전히 캐릭터는 AI에 의해 통제되는 중이었으니까.

세카이토가 입을 열자 둘 사이의 대화가 시작되었다.

─나의 보는 눈은, 역시 틀리지 않았었군.

"이를 말씀이십니까."

─칼리파의 잔재를 이겨 낸 것으로 모자라 숨겨진 진실마저 찾아내다니. 과연 여의주의 주인이로다.

"과찬이십니다, 용신이시여."

그리고 잠시 후, 세카이토의 시선이 이안의 뒤쪽에 서 있던 밀로스를 향했다.

정확히는 밀로스가 아닌, 그녀가 들고 있던 '영혼석'을 향한 것이다.

─그대가 이곳에 온 이유는 역시 저 아이 때문이겠지?

이안이 고개를 끄덕이며 대답했다.

"그렇습니다, 세카이토 님. 인간계에 내린 어둠을 몰아내기 위해서는 잠들어 있는 빛의 신룡이 필요하나이다."

세카이토의 입에 옅은 미소가 걸렸다.

그리고 그는 밀로스를 향해 손짓했다.

─그대는 빛의 사자로군. 이리 오라.

앞으로 나온 밀로스는 공손히 고개를 숙여 보이며 대답했다.

"뵙게 되어 영광입니다, 용신이시여."

세카이토의 말이 다시 이어졌다.

-지금껏 오랜 세월 동안, 그 아이를 지키느라 수고가 많았느니라.

"아닙니다, 저는 응당⋯⋯."

-해야 할 일을 한 것이겠지.

우우웅-!

밀로스가 양손으로 조심스레 감싸고 있던 순백색의 알.

그 위에 푸른빛이 맴돌기 시작하더니 천천히 허공으로 떠올랐다.

그리고 허공으로 떠오른 알은 세카이토의 앞으로 천천히 부유해 움직였다.

세카이토의 시선이 다시 이안을 향했다.

-사실 드래곤 빌리지가 부활한 순간.

세카이토가 신룡의 영혼석을 쓰다듬었다.

-이 아이에게 걸려 있던 영혼의 봉인은 해제되었노라.

쩌적- 쩍- 쩍-!

뭔가 갈라지는 소리가 나며 푸른빛으로 휘감겨 있던 신룡의 영혼석이 더욱 환하게 빛났다.

그리고 이 광경을, 이안은 일전에도 본 적이 있었다.

'카르세우스⋯⋯! 카르세우스의 영혼석이 깨어날 때와 거의 비슷한 이펙트야.'

그 광경을 지켜보는 이안의 심장이 빠르게 뛰기 시작했다.

후우웅-!

빛의 신룡 엘카릭스.

완전히 새하얀 빛이 되어 버린 엘카릭스의 영혼석이 점점 커져 갔다.

잠들어 있던 엘카릭스의 영혼이 깨어나며, 드래곤의 형체를 갖추기 시작한 것이다.

일행은 넋을 놓고 그 광경을 지켜보고 있었으며, 세카이토의 말이 이어졌다.

-오랜 기간 봉인되어 있던 이 아이는, 아마도 영혼의 기억을 잃어버렸을 것이다. 하지만 여의주의 주인이라면……. 이 녀석을 잘 보살필 수 있으리라 믿는다.

커다란 백색의 날개와, 아름다운 곡선을 그리며 유려하게 뻗어나간 꼬리.

전신에 새하얀 빛을 머금은 빛의 신룡이, 드디어 세상에 모습을 드러내었다.

띠링-!

-새로운 신룡이 나타났습니다.

-이제부터 빛의 신룡 엘카릭스를 왕국의 수호룡으로 등록할 수 있습니다.

새로이 떠오른 두 줄의 월드 메시지.

그리고 이안의 눈에만 보이는 개인 시스템 메시지도 한 줄 추가되었다.

–빛의 신룡 '엘카릭스(Lv 1)'를 획득하였습니다.

"헤르스 님, 큰일 났습니다!"

"네? 무슨 일이죠?"

"지금 알리타 영지 쪽이 급격히 밀리고 있다고 합니다!"

엘리카 왕국과 로터스 왕국의 혈전.

양국을 합하여 십만에 육박하는 어마어마한 규모의 병력이 맞붙는 전장의 한복판에서, 헤르스는 직접 전장을 지휘하고 있었다.

물론 십만이라는 숫자가 하나의 전장에서 싸우고 있는 것은 아니었다.

총 일곱 개의 영지가 엘리카 왕국과 국경이 인접해 있었으니, 일곱 개의 전장에서 동시에 전면전이 펼쳐지고 있는 것이었다.

각 영지에 수뇌부들이 골고루 참전하여 왕국군을 지휘하고 있었다.

그리고 지금 헤르스가 있는 곳은 처음 엘리카 왕국으로부터 빼앗은 '케이튼' 영지였다.

"아니, 알리타 영지라면 조금 전까지 오히려 우세했던 전장이 아닙니까?"

"그렇습니다. 한데 갑자기…….”

"갑자기?”

"새로운 언데드들이 등장했다고 합니다.”

헤르스는 의아한 표정이 되어 되물었다.

"새로운 언데드라니요? 데스나이트보다 더 상위 언데드가 나타나기라도 했답니까?”

그리고 잠시 숨을 고른 길드원이 고개를 살짝 저으며 대답했다.

"그건 아닙니다만……. 상대하기는 데스나이트보다 더 까다롭다고 합니다.”

"듀라한……입니까?”

듀라한은 상대하기 무척 까다로운 언데드 중 하나였다.

데스나이트보다 공격력은 훨씬 떨어지지만, 딱히 약점이 없고 재생력이 무척이나 좋아서 어지간한 딜로는 때려잡기 힘들기 때문이었다.

하지만 길드원은 다시 한 번 고개를 저었다.

"아닙니다, 마스터. 새로 나타난 언데드는……. 고스트 드레이크Ghost Drake입니다.”

"네……?”

"물리 공격이 전혀 통하지 않는, 괴물 같은 녀석이라고 합니다.”

헤르스의 표정이 살짝 굳어졌다.

물리 공격이 통하지 않는다면, 확실히 까다로울 수밖에 없기 때문이다.

기존의 언데드들 중에도 '레이스'나 '고스트 워리어'같은 경우 물리 공격에 완전히 면역이라는 특성을 가지고 있다.

하지만 생명력 자체가 무척이나 약해서 광역 마법으로 충분히 커버가 가능했는데, '드레이크'라면 이야기가 다를 것이 분명했다.

애초에 드레이크라는 종족 자체가 딜탱 포지션의 준수한 생명력을 가진 몬스터였기 때문이었다.

'후, 그렇다고 여기 있는 메이지들을 지원 보낼 수는 없는데…….'

머리가 아파진 헤르스가 입술을 살짝 깨물었다.

알리타 영지에 고스트 드레이크들이 나타났다면, 곧 케이튼 영지에도 나타날 게 분명했다.

'어쩐다…….'

생각지 못했던 변수에 헤르스의 고민이 깊어지던 그때, 전장의 동쪽에서 거대한 포효가 울려 퍼졌다.

캬아아오오!

그에 모든 이들의 시선이 일시에 소리가 난 쪽을 향해 움직였다.

당연한 이야기겠지만, 헤르스 또한 마찬가지였다.

그리고 다음 순간, 헤르스의 표정이 창백하게 변하고 말왔다.

그곳에 나타난 것은, 고스트 드레이크보다도 훨씬 더 위협적인 언데드였기 때문이었다.

"고스트 드래곤……!"

지금껏 카일란에 한 번도 모습을 드러낸 적이 없었던, 최상위 티어의 언데드가 처음으로 세상에 모습을 드러낸 순간이었다.

빛의 신룡을 얻은 이안뿐만 아니라, 다른 파티원들도 퀘스트 난이도에 걸맞은 어마어마한 보상들을 손에 넣었다.

그리고 그 모든 것은 퀘스트의 초과 달성으로 인한 것이었다.

원래 칼리파의 생명력을 절반 이하로만 떨어뜨리면, 마지막 순간에 용신이 나타나 일행을 돕는 것이 원래의 시나리오였던 것.

한데 이안이 기상천외한 방법으로 칼리파를 처치해 버렸고, 그로 인해 히든 스토리까지 오픈되었던 것이다.

─본래 나의 역할은 여기까지였으나 그대들 덕분에 칼리파의 숨겨진 비밀을 알게 되었으니, 몇 가지 나의 권능을 추가로 내리겠노라.

게다가 용신 세카이토는 일주일이나 지속되는 '용신의 축복'이라는 어마어마한 버프를 내려 주었다.

모든 전투 능력이 조건 없이 30퍼센트만큼이나 뻥튀기되는 사기적인 버프.

게다가 빛의 신룡 엘카릭스는, 버프 지속 시간 동안 경험치가 다섯 배로 적용되는 추가 버프까지 부여됐다.

하니, 이안의 입이 찢어지지 않을 수가 없는 것이다.

'크으, 무슨 이런 꿀 같은 버프가 다 있냐. 일주일 동안 잠은 다 잤네, 이거. 다음 주 수요일까지는 수업도 다 째야겠는데?'

두 배도 아니고 세 배도 아닌, 무려 다섯 배라는 무지막지한 경험치 버프.

여기서 최대 효율을 뽑아내고 후회를 남기지 않으려면, 쉬지 않고 무한으로 사냥하는 것만이 정답이었다.

다행히도 추석 연휴가 앞으로 나흘이나 남아 있었으니, 수업은 사흘 정도만 포기하면 될 것 같았다.

이제 AI의 통제가 풀린 이안이 세카이토에게 말했다.

"세카이토 님, 그럼 저희는 이제 어둠의 군대를 몰아내러 가보겠습니다."

지금 이 순간도 버프 효과의 지속 시간은 줄어들고 있었다.

이안으로서는 1분 1초가 아까울 수밖에 없는 상황.

세카이토에게 볼 일은 다 보았으니, 조금이라도 빨리 언데드들을 사냥하기 위해 움직이고 싶었던 것이다.

하지만 그때, 세카이토의 입이 다시 열렸다.

-과연 그대들의 용맹은 대단하군.

잠시 뜸을 들인 그가 천천히 말을 이었다.

-나의 군대를 하루 동안 빌려줄 터이니, 간악한 어둠의 군단을 섬멸하고 돌아오라.

세카이토는 또 한 번, 이안 일행에게 꿀 같은 보상을 얹어주었다.

드래곤을 타고 나타난 수십 기의 용기병들.

'군대'라는 말을 감안하면 숫자는 그리 많지 않았지만, 풍겨내는 위용만큼은 백만 대군 못지않은 정예부대가 프릴라니아 협곡에 나타났다.

귀에 걸린 이안의 입이 다물어지지지 않았음은, 당연한 것이었다.

띠링-!

-용신 세카이토의 친위부대가 파티에 합류합니다.

-용기사단장 '카미레스'가 파티에 합류했습니다.

-용기병 50기가 파티에 합류했습니다.

-파티장 '이안'에게 부대의 통솔권이 주어집니다.

총 오십 기의 용기병과 '카미레스'라는 이름을 가진 네임드 NPC.

기병들이 탑승하고 있는 군청색의 드래곤들은 신룡에 비하면 그 덩치가 작은 편이었으나, 수십 마리가 한데 모여 있으니 기세가 엄청났다.

게다가 기병들뿐 아니라 드래곤들까지 판금갑주로 무장하고 있으니 휘광이 뿜어져 나오는 듯한 착각마저 들었다.

설산에 반사된 빛이 갑주의 곳곳에 광택으로 맺힌 것이다.

특히 '용기사단장'이라는 직함을 달고 있는 카미레스와 그의 드래곤은, 개중에서도 더욱 돋보였다.

군청색의 비늘을 가진 것은 마찬가지였으나, 홀로 황금빛 갑주를 착용하고 있었기 때문이었다.

이안의 시선이 절로 그를 향해 고정되었다.

─용기사단장 카미레스 : Lv. 500

'크으, 나도 카르세우스 전용 갑주 같은 거 만들어서 입혀 주고 싶은데……. 저런 건 어디서 구할 수 있을까?'

이안이 카미레스의 위용에 감탄하는 동안 드래곤의 등에서 내린 그가 이안에게 다가왔다.

카미레스가 손을 들어 악수를 청하였다.

"그대가 용신께서 말씀하셨던 여의주의 주인이로군."

이안은 얼떨결에 그의 손을 맞잡으며 대답했다.

"그……렇습니다."

"좋아, 내 이 차원계에 머무는 동안만큼은 전력을 다해 그대를 도와보도록 하지."

무려 500레벨짜리 네임드 NPC의 말이어서 그런지, 이안은 그의 목소리에서 무한한 신뢰가 느껴지는 듯한 착각마저 들었다.

"감사합니다, 단장님."

카미레스는 마지막으로 씨익 웃으며 한마디를 덧붙였다.

"내 그대의 용맹을 기대하고 있네."

그리고 그의 말이 끝나기가 무섭게, 이안의 눈앞에 새로운 시스템 메시지가 떠올랐다.

띠링-!

─돌발 퀘스트가 발동합니다.

### 카미레스의 기대에 부응하라(돌발)

용신 세카이토의 신하이자 용기사단장이라는 직함을 가진 카미레스는, 여의주의 주인인 당신에게 큰 관심을 가지고 있었다.

때문에 세카이토로부터 당신을 도우라는 명을 받은 지금, 그는 당신과 함께할 전투를 무척이나 기대하고 있다.

카미레스와 용기병단이 인간계에 머물게 될 24시간 동안, 최대한 많은 어둠의 군단을 처치하여 그의 기대에 부응하자.

만약 당신이 카미레스의 기대를 충족시킨다면, 그는 커다란 선물을 안겨 줄 것이다.

**퀘스트 난이도 : ? (알 수 없음)**

**퀘스트 조건 :** 용신 '세카이토'의 인정을 받은 자./'여의주의 주인' 칭호를 가진 자.

**제한 시간 :** 24시간

**보상 :** 용기사의 징표

*거절할 수 없는 퀘스트입니다.

퀘스트의 내용을 전부 읽은 이안은, 더욱 의욕이 넘치는 것을 느꼈다.

'용기사단장의 인정을 받으라는 건가?'

구체적인 퀘스트 달성 조건은 알 수 없었지만, 그래서 오히려 복잡할 것이 없었다.

그냥 지금 이 순간부터 언데드 군단을 닥치는 대로 다 때려 부수면 클리어될 퀘스트일 것이다.

'내가 할 수 없다면, 누구도 클리어할 수 없는 퀘스트겠지.'

카일란 한국 서버에 현존하는 어떤 랭커들과 비교하더라도, PVE만큼은 독보적인 영역이라 자부하는 이안이었다.

이안의 한쪽 입꼬리가, 씨익 말려 올라갔다.

"기대하셔도 좋습니다, 카미레스."

그렇게 말라카대륙의 최북단, 프릴라니아 협곡에서 용기사단이 전장에 합류하였다.

"흐음, 제 기억으로는 여기가 맞는 것 같은데⋯⋯."

"그래? 그런데 왜 아무런 흔적도 없는 거지?"

"글쎄요, 하지만 이 자리에 있던 소환마석을 제가 파괴했었다는 사실만은 분명해요."

"음⋯⋯. 그렇다면 결국 이번에도 허탕인 건가."

다른 마계의 구역들에 비해 몇 배 이상은 거대한 맵을 가지고 있는 마계 50구역.

그리고 50구역의 외곽 부근에 있는 한 던전에서 붉은 머리의 여성과 까만 갑주를 입은 전사클래스의 남자 하나가 대화를 나누고 있었다.

두 남녀의 정체는, 다름 아닌 레미르와 샤크란이었다.

"레미르, 이번 던전이 네 번째 던전……이었던가?"

"맞아요, 아저씨."

"야 씨, 아저씨라고 부르지 말라니까?!"

"아저씨를 아저씨라고 부르지 그럼 뭐라고 해요?"

"내가 왜 아저씬데?"

"그야 딱 봐도……."

레미르와 샤크란.

두 사람의 종족은 모두 인간이다.

그렇다면 인간계의 유저인 두 사람이, 어째서 마계에 와 있는 것일까?

그것도 리치 킹의 대군이 창궐하여 어둠의 퀘스트가 널려 있는 지금의 상황에 말이다.

그리고 만약 누군가 두 사람이 마계에 있는 것을 보았더라면 '어째서'보다는 '어떻게'가 더 궁금할지도 몰랐다.

지금 마계와 인간계는 공식적으로 오갈 수 없는 상태였으니까.

"어쨌든 이제 두 군데 남았군."

"그러네요."

"퀘스트 내용대로라면, 남은 두 곳 중에는 분명히 소환마석이 존재하는 장소가 있어야 하는데 말이지."

"당연히 있겠죠. 이 아저씨, 걱정도 팔자시네."

레미르와 샤크란이 이곳에 있는 이유는 간단했다.

그것은 바로 퀘스트.

심지어 두 사람이 진행 중인 퀘스트는, 지금 인간계에 진행되고 잇는 메인 시나리오를 클리어하기 위한 것이었다.

홍염의 군주인 레미르가 태양의 신으로부터 받은 퀘스트였던 것이다.

그리고 그 퀘스트는 마계의 지원군을 막으라는 내용을 담고 있었다.

마신의 신탁을 받은 마계의 군단이, 리치 킹을 돕기 위해 또다시 차원문을 열려고 한다는 것.

하여 차원문이 열리기 전에 먼저 마계로 가서, 소환마석을 부수어 그들의 계획을 저지하라는 내용이었다.

과거 마계의 몬스터 웨이브가 시작되기 전 레미르와 이안이 함께 소환마석을 파괴했던 것처럼, 이번에도 그때와 비슷한 퀘스트가 내려온 것이다.

하지만 당연하게도 그때와는 퀘스트 진행 과정 자체가 완전히 달랐다.

당시는 총 여섯 개의 소환마석 중 두 개를 파괴해야 했던 퀘스트라면, 이번에는 하나의 소환마석만 파괴하면 되는 퀘스트인 것.

다만 소환마석의 위치가 정해져 있었던 그때와는 달리, 이번에는 여섯 군데의 정해진 위치 중 소환마석이 어디에 생성되어 있을지 알 수 없었다.

"골치 아프게 됐군. 남은 두 곳은 마족들의 거점을 지나야 갈 수 있는 위치인데……."

"어쩔 수 없죠 뭐. 애초에 난이도가 트리플S인데, 쉬운 위치에 있는 것이 오히려 더 이상하잖아요?"

"하긴, 그것도 그렇군."

"자, 빨리 움직이기나 하죠. 이러다가 마계 유저들에게 발각되기라도 하면 곤란해지니 말이에요."

과거 이안과 레미르가 차원마석 파괴 퀘스트를 진행할 때에는 지금과 같은 걱정을 할 필요가 없었다.

그때는 마계 50구역에 올 수 있는 유저 자체가 이안과 레미르밖에 없었기 때문이었다.

마족 NPC들의 거점도 제대로 형성되기 전이고 말이다.

하지만 지금은 그때와 달랐다.

어지간한 상위권의 마족들은, 이미 20~30구역대까지를 전부 사냥터로 쓰고 있었으니까.

만약 레미르와 샤크란이 경계를 소홀히 한다면, 당장 마계 유저들에게 발각되더라도 이상할 것이 없는 상황이었다.

던전을 꼼꼼히 뒤진 레미르와 샤크란은 소환마석을 찾기 위해 다음 장소로 걸음을 돌렸다.

그런데 그때, 두 사람의 귓전에, 생각지도 못했던 목소리가 들려왔다.

"이야, 이게 누구신가. 두 분 모두 정말 오랜만이로군."

어두컴컴한 던전의 복도 반대편에서 들려오는 낯익은 유저의 목소리.

이에 당황한 레미르와 샤크란이 재빨리 전투 태세를 갖추었고, 목소리의 주인공은 천천히 어둠 속에서 모습을 드러내었다.

그리고 그의 모습을 확인한 두 사람은, 눈이 휘둥그레질 수밖에 없었다.

"이라한……!"

이라한은 지금까지도, 마계의 유저들 중 최상위권에 랭크되어 있었다.

이미 오래전에 350레벨을 넘긴 그가, 200레벨대 중후반의 사냥터인 마계 50구역에 있을 것이라고는 생각조차 하지 못한 것이다.

하지만 두 사람의 놀람은 거기서 끝이 아니었다.

"허, 생각지도 못했던 거물이 걸려들었구먼."

"레미르와 샤크란이 올 줄이야."

"랭커가 올 것이라고 생각하기는 했지만, 생각보다도 더 유명하신 분들이 왔군."

어둠 속에서 수많은 유저들이 추가로 등장한 것이다.

심지어 그들 하나하나가 전부 마계의 랭커들.

주먹을 꾸욱 말아 쥔 레미르가, 이라한을 향해 물었다.

"여긴 어떻게 알고 온 거지?"

그에 이라한이 피식 웃으며 되물었다.

"바보 같은 얘기를 하는군, 레미르. 그러는 넌 여기에 어떻게 오게 된 건가?"

"나야 당연히 퀘스트……."

말을 하던 레미르는 순간 깨달을 수 있었다.

'아, 마족의 유저들도 마신의 퀘스트를 받은 거 였어! 그 생각을 왜 못 한 거지?'

사실 레미르는 이 퀘스트를 받은 뒤 곧바로 움직인 것이 아니었다.

각지에서 창궐한 수많은 어둠의 군단들을 사냥하며 공헌도를 충분히 쌓은 뒤 마계로 넘어온 것이었다.

시간 제한이 무척이나 넉넉한 퀘스트였기 때문에, 여유를 부렸던 것이다.

'젠장, 퀘스트 받자마자 바로 했으면 이럴 일은 없었을 텐데.'

하지만 후회는 이미 늦어 버렸다.

레미르와 이라한이 아무리 강력하다 하더라도, 두 사람을 잡기 위해 이 자리에 온 수많은 마족 랭커들을 전부 상대할 수는 없는 노릇이니까.

이라한이 샤크란을 향해 입을 열었다.

"오랜만이군, 샤크란."

그에 샤크란이 피식 웃으며 대답했다.

"그래, 오랜만이다. 마계로 넘어가 일인자 노릇을 하더니, 신수가 훤해졌군 그래."

샤크란의 비아냥에 이라한의 안색이 살짝 일그러졌다.

"난 원래 일인자였다. 그 말은 마치, 내가 일인자가 되기 위해 마계로 넘어갔다는 말로 들리는군."

"후후, 인정하마. 원래 일인자이기는 했지. 곧 따라잡힐 운명이긴 했지만 말이야."

마족이라는 개념이 생기기 전, 이라한이 이끌었던 다크루나 길드는 분명 랭킹 1위에 빛나는 최강의 길드였다.

그리고 이라한 또한 항상 레벨 랭킹 1위를 지키던 최고의 유저였다.

하지만 샤크란만큼은 결코 이라한이 최고라고 생각하지 않았다.

실제로 그는 투기장에서 이라한을 이겼던 전적이 있었으며, 그 후로 이라한은 계속 샤크란과의 전투를 피해 왔었으니까.

당연히 이라한 또한 그러한 사실을 인지하고 있었고, 때문에 지금 샤크란은 그 부분을 비꼬고 있는 것이었다.

　아픈 곳을 찔린 이라한이 샤크란을 향해 검을 뽑아 들었다.

　"곱게 죽어 줄 생각은 없겠지, 샤크란?"

　샤크란 또한 등에 메고 있던 쌍검을 뽑아 들며 이라한을 향해 씨익 웃어 보였다.

　"물론이다. 오랜만에 재밌게 놀아 볼 수 있겠군."

빛의 신룡, 엘카릭스의 등장

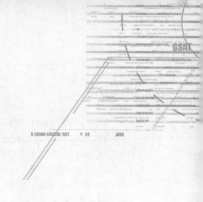

## 엘카릭스 (빛의 신룡)

레벨 : 1 　　　　　　　분류 : 신룡
등급 : 신화 　　　　　　성격 : 겁이 많음
완전체
공격력 : 25 　　　　　　방어력 : 33
민첩성 : 17 　　　　　　지능 : 37
생명력 : 1,527/1,527
고유 능력

*홀리 바이탈Holy Vital(패시브)
150m 반경을 기준으로 범위 내에 있는 아군의 숫자에 비례해서, 범위
내 모든 아군의 생명력 회복 속도를 일정 비율로 상승시킨다(생명력이
20퍼센트 미만인 아군의 경우, 생명력 회복 속도가 2배로 적용됩니다).

*드래곤 스킨Dragon Skin (패시브)
모든 마법 공격에 대한 피해를 40퍼센트만큼 감소시키며, 물리 공격에
대한 피해를 10퍼센트만큼 감소시킨다.

10초간 아무런 공격도 받지 않으면, 초당 2퍼센트씩 생명력이 회복된다.

*드라고닉 베리어Dragonic Barrier(재사용 대기 시간 10분)

자신을 중심으로 반경 50미터 안에 있는 모든 아군의 어그로를 일시적으로 0으로 만들며, 범위 내 모든 아군에게 '드라고닉 베리어'를 생성한다.

드라고닉 베리어는 엘카릭스 생명력의 0.1퍼센트만큼의 내구력을 갖게 되며, 엘카릭스 방어력의 5,000퍼센트만큼의 방어력을 갖는다(드라고닉 배리어의 최소 내구력은 1이다).

*드래곤 브레스 (재사용 대기시간 120분)

전방 50미터 내의 부채꼴 범위에 강력한 용의 숨결을 내뿜는다. 엘카릭스 공격력의 2,370퍼센트만큼의 위력을 가지며, 추가로 10초 동안, 위력의 40퍼센트만큼 지속 피해를 입힌다.

(유저를 상대로는 효과가 절반으로 줄어든다.)

*폴리모프 (재사용 대기 시간 없음)

엘카릭스는 폴리모프를 사용하여 인간의 모습으로 변신할 수 있다. 인간의 모습이 되면, 모든 전투 능력치가 30퍼센트만큼 하락하며, 고유 능력 중 '드래곤 브레스'를 사용할 수 없게 된다.

*마법의 일족

드래곤은 태생이 '마법의 일족'이다.

완전체가 된 드래곤은, 지능 능력치에 비례해 더욱 고위 마법을 사용할 수 있게 되며, 스킬 북을 통해 새로운 마법을 습득할 수도 있다.

(단, 마법사 클래스 유저가 사용하는 스킬보다는 그 위력이 떨어진다.)

*현재 습득 중인 마법

-폴리모프

-힐링 웨이브

-리커버리

*잊힌 신룡 중 하나이자, 빛의 신으로부터 능력을 부여받은 신룡 엘카릭스이다.

*어둠의 신룡 루가릭스의 쌍둥이 여동생이다.


빛의 신룡 엘카릭스는 이안이 얻게 된 두 번째 신룡이었다.

뿍뿍이 또한 신룡의 반열에 들 정도로 강력한 드래곤이기는 하지만, 직접적으로 신의 권능을 이어받은 신룡은 아니었던 것이다.

그리고 엘카릭스의 정보 창을 확인한 순간, 이안은 '신룡'이라는 타이틀에 대한 아이덴티티를 확실히 느낄 수 있었다.

카르세우스의 정보창과 무척이나 흡사하다는 느낌을 받은 것이다.

'크으, 신룡이라는 타이틀을 갖는 녀석들은 다 이런 느낌으로 생겨먹었으려나.'

우선 '드래곤 스킨'과 '드래곤 브레스' 고유 능력의 경우 카르세우스의 것과 계수까지 완벽하게 일치했다.

게다가 패시브 버프 스킬인 홀리 바이탈의 경우, 카르세우스에게 있는 '전쟁의 신' 패시브의 방어형 버전이라 봐도 무방할 정도였다. 하지만 스킬 구성이 유사할 뿐 엘카릭스의 포지션은 카르세우스와 완벽히 반대되었다.

특히 '드래곤 피어' 스킬의 자리에 들어가 있는 '드라고닉 베리어' 스킬의 경우 엘카릭스라는 소환수의 성향을 확실하게 보여 주었다.

'크, 이게 진짜 사기 스킬이네.'

카일란의 대미지 계산 시스템에 대해 제대로 이해하지 못하는 유저의 경우 드라고닉 베리어 스킬의 진가를 알아보지 못할 확률이 높았다.

방어력 계수가 무려 쉰 배로 잡혀 있기는 하지만 내구력 계수가 0.1퍼센트밖에 안 되니, 차후 엘카릭스의 생명력이 몇 백 만이 된다고 해도 몇 천 수준의 내구력밖에 나오지 않기 때문이었다.

　하지만 그 누구보다 카일란의 시스템에 대한 이해도가 높은 이안은 이 스킬의 활용도를 곧바로 간파했다.

　'고정 대미지나 도트 댐이 아니면 뚫을 수가 없는 실드야 이건.'

　카일란의 대미지 수식은 다소 극단적인 면이 있었다.

　피격자의 방어력과 공격자의 공격력의 격차가 커질수록 피해량이 극대화되는 방식이었던 것이다.

　때문에 반대의 경우에도 마찬가지였다.

　방어력이 공격력에 비해 압도적으로 높으면 피해량이 아예 1에 수렴해 버린다.

　'엘카릭스의 방어력 성장률이 정확히 얼마 정도일지는 알 수 없지만……. 초기 능력치만 봤을 땐 빡빡이보다도 높은 수준인 것 같고.'

　그 말인 즉, 엘카릭스가 300레벨을 넘어서게 되면 방어력이 1만에 가까워질 수 있다는 이야기.

　그 무시무시한 방어력에 50배의 계수가 적용된다면, 어지간한 공격력으로는 드라고닉 베리어에 두 자리 수 이상의 피해를 입힐 수 없을 것이다.

물론 절대 내구력 자체가 무척이나 약한 만큼, 어지간한 고정 대미지에는 한 방에 실드가 파괴된다는 치명적인 단점도 있었다.

하지만 그 부분에 대해서는 다른 방식으로 극복하면 된다.

고정 피해를 주는 공격 스킬을 우선적으로 회피하거나, 물의 장막 같은 고유 능력으로 사전에 차단하면 되는 것이다.

물론 극단적으로 하드한 컨트롤이 되어야 가능한 것이겠지만 말이다.

엘카릭스의 고유 능력들에 대해 완벽히 숙지한 이안은, 마지막으로 잠재력을 확인해 보았다.

최강의 소환수라 할 수 있는 '신룡'이기에 기본 잠재력이 거의 Max일 확률이 높기는 했지만, 1이라도 부족하면 레벨을 올리고 싶지 않았기 때문이었다.

그리고 다행히도 엘카릭스의 잠재력은 100이었다.

"크으……! 좋아, 좋아."

이안이 엘카릭스의 정보 창을 감상하는 동안, 이안 파티는 어느새 말라카 대륙의 중심부까지 이동해 내려왔다.

모든 파티원이 하늘을 날 수 있었기 때문에 파티의 이동속도는 무척이나 빠른 편이었다.

그리고 남쪽으로 내려갈수록 하나둘 리치 킹의 군대들이 모습을 드러내기 시작했다.

제법 많은 숫자의 언데드 무리를 발견한 레비아가 이안을 향해 물었다.

"이제 슬슬 내려가서 사냥 시작할까요?"

하지만 이안은 고개를 저었다.

"아뇨, 아직요."

그에 레비아가 의아한 표정이 되었다.

"버프 시간 1초가 아깝다며 난리를 치시던 분이……."

헤르스의 개인 메시지를 확인한 이안이 씨익 웃으며 대답했다.

"우릴 기다리고 있는 전장이 따로 있으니까요."

"끄응……."

LB사의 기획실 구석.

오늘도 나지찬은 머리를 끙끙대며 모니터를 들여다보고 있었다.

모니터에 떠올라 있는 화면은 한눈에 봐도 복잡한 카일란의 기획서.

"후우, 이거 은근히 시간이 걸리네."

중얼거리며 연신 타자를 쳐 대던 나지찬의 입에서 한숨이 길게 새어나왔다.

그리고 옆에서 그 모습을 보던 후임 기획자 하나가 나지찬을 향해 물었다.

"선배님, 뭐 잘 안 풀리세요?"

나지찬이 고개를 저으며 대답했다.

"아니 뭐, 잘 안 풀리는 건 아니고. 새로 기획 짜고 있는 게 좀 있어서."

그에 후임 기획자의 두 눈이 살짝 커졌다.

"네? 새 기획요? 아직 리치 킹 시나리오도 많이 남았고, 얼마 전에 정령계랑 명계까지 얼추 마감 친 거 아니었나요?"

"응, 그거야 마무리됐지."

"그런데 무슨 새로운 기획을 짜고 계시는 거예요?"

"기존에 짜인 기획에 히든 시나리오 몇 개 만드는 중이야. 이번 주 내로는 완성해서 제안서 올려 봐야 하는데, 생각보다 쉽지 않네, 이게."

"히든 시나리오라면……?"

잠시 뜸을 들인 나지찬이 자신의 모니터를 보여 주며 씨익 웃었다.

"사실 히든 시나리오라기보단, 불쌍한 히든 클래스 유저 하나가 안타까워서 시작한 일이랄까."

"네에?"

무슨 말인지 이해하지 못한 듯 의아한 표정을 짓는 그를 보며, 나지찬이 실소를 흘렸다.

"있어, '드래곤 테이머'라고, 본인 히든퀘란 히든퀘는 모조리 괴물 같은 유저한테 뺏겨 버린 불쌍한 녀석이."

"……?"

여전히 의아한 표정인 그를 보며, 나지찬은 그저 실실 웃을 뿐이었다.

"미친, 마법사들 뭐해? 저 괴물 같은 놈한테 화력 다 집중시키라고! 기사들은 마법사들 지키고!"

"알겠습니다, 마스터!"

"궁수들은 스컬 메이지들만 요격해! 탱커들은 일단 무시한다! 최대한 놈들의 딜을 줄여야 해!"

언데드의 왕국이 되었다 하여도 과언이 아닌 엘리카 왕국.

그리고 로터스 왕국과 인접해 있는 요충지인 케이튼 영지.

케이튼 영지의 한복판에서는 그야말로 치열한 대규모 혈투가 계속되고 있었다.

그것은 그야말로 장관이라 할 만한 것이었다.

'후우, 저 고스트 드래곤만 아니었어도…….'

전장을 지휘하던 헤르스가 입술을 살짝 깨물었다.

지금의 상황이 비관적이기 그지없었기 때문이었다.

수비전을 하고 있는 상황이라면 상관이 없지만 국가의 총력을 동원해서 점령전을 벌이고 있는 지금, 벌써 며칠째 케이튼 영지에 발목이 잡혀 있는 것은, 국가적 차원에서 어마어마한 손실이기 때문이었다.

그리고 이런 상황을 만들어 낸 가장 큰 변수는 케이튼 영지를 점령하기 직전에 나타난 저 괴물 같은 드래곤이었다.

거의 눈앞까지 다가왔던 케이튼 영지 점령의 고지가 고스트 드래곤 몇 마리의 등장으로 무산되어 버렸기 때문이었다.

물리 공격이 전혀 통하지 않는 데다 괴랄한 전투 능력을 가지고 있는 고스트 드래곤.

때문에 지금 로터스의 대군은, 오히려 주춤주춤 밀려나는 상황이었다.

'후, 이안이 올 때까지만 한번 기다려 보자. 뭔가 수가 생길 수도 있으니까.'

사실 아무리 이안이 온다고 해도 지금의 상황이 크게 달라질 것 같지는 않았다. 이안이 가지고 있는 공격 수단의 대부분이 물리 공격에 치중되어 있었으니까.

하지만 그럼에도 불구하고, 헤르스는 이안에게 기대를 걸고 있었다. 정확히 말하자면, 이안 개인의 전투력이 아닌 그의 지휘 능력과 파티원들에게 기대하는 부분이 있었던 것이다.

'최소한 카카의 장판과 레비아 님의 시녀라면, 지금처럼 일방적으로 밀리지는 않겠지. 훈이도 큰 힘이 될 것 같고.'

한눈에 보아도 조금씩 밀려나고 있는 최전선을 보며, 헤르스의 얼굴이 더욱 일그러졌다. 최고의 마법사 딜러인 레미르나 훈이라도 있었다면, 이 정도로 속수무책은 아니었으리라.

그런데 그때였다.

스하아아아ㅡ!

섬뜩할 정도로 기이한 소리가 전장에 울려 퍼졌다.

그리고 고스트 드래곤 한 마리의 입으로 새까만 기의 파동이 빨려 들어가기 시작했다.

그것은 누가 보아도 알 수 있는, 드래곤의 상징과도 같은 최강의 광역 기술의 전조였다.

"젠장, 피해!"

여기저기서 다급한 외침이 울려 퍼졌다.

하지만 그것은 이미 늦은 외침일 뿐이었다.

고스트 드래곤의 브레스는 다른 드래곤들에 비해 그 위력이 약한 편이었지만, 발동까지 걸리는 시간이 거의 두 배 이상 빨랐다. 때문에 이러한 난전에서 제대로 반응하기란 힘들 수밖에 없는 것이다.

그리고 그 모습을 확인한 헤르스가 다급히 방패를 치켜들었다.

일반적인 브레스에 비해 위력이 떨어진다고는 하지만, 그래도 정통으로 맞으면 사망에 이를 수준의 피해를 입을 것이다.

이어서 드래곤의 입김이 전장을 뒤덮기 시작했다.

콰아아아ㅡ!

가까스로 방패 막기에 성공한 헤르스가 입술을 잘근잘근

씹었다.

'젠장, 마법사들만이라도 피해가 적었으면 좋겠는데…….'

만약 이 한 방으로 마법 딜러들이 큰 피해를 입었다면, 정말 돌이킬 수 없는 상황이 되어 버렸으리라.

그런데 잠시 후, 헤르스는 뭔가 이상한 것을 느낄 수 있었다.

"어?"

분명히 브레스가 방패를 뒤덮는 것을 느꼈음에도 생명력이 전혀 줄어들지 않은 것이다.

'뭐지? 아무리 완벽히 방어해도 몇 만 대미지는 들어와야 정상인데?'

의아함을 느낀 헤르스는 방패를 내리고 전장을 빠르게 훑어보았다.

이어서 더욱 놀랄 수밖에 없었다.

전장의 모든 병사들이 단 한 명도 쓰러지지 않은 것이다.

"……!"

그리고 전장을 훑던 헤르스의 눈에 이 풍경과 전혀 어울리지 않는 하나의 실루엣이 들어왔다.

전장의 한복판에 두둥실 떠올라 있는, 새하얀 드레스를 걸친 소녀의 모습.

드래곤을 향해 뻗은 그녀의 작은 손에서 눈이 부실 정도로 새하얀 광휘가 뿜어져 나오고 있었다.

"흐아암, 잘 잤다. 어디쯤 왔어, 엄마?"

"반쯤 왔다. 아직 멀었으니까 좀 더 자거라."

"반……? 반이라고오?"

"그래, 매년 이래왔는데 뭘 새삼스럽게 그러니?"

"으아아악!"

추석 연휴의 첫번째 날.

꽉 막힌 귀경길의 고속도로에 영훈의 절규가 울려 퍼졌다.

못해도 서너 시간은 꿀잠을 잔 것 같은데, 아직 절반밖에 오지 못했다는 사실에 좌절한 것이다.

'으, 오늘도 카일란 하기는 글렀구나. 도착하면 새벽 2시도 넘겠네.'

순간 우울한 표정이 된 영훈은, 본능적으로 스마트폰을 켰다. 유캐스트에 들어가서 카일란 영상이라도 보면 적어도 시간은 빨리 갈 것 같았으니까.

그런데 유캐스트 아이콘을 눌렀던 영훈은 순간 떠오르는 게 있는지 어플리케이션을 끄고는 카일란 공식 홈페이지 아이콘을 눌렀다.

'맞다, 내가 왜 그 생각을 못 했지? 공식 커뮤니티에서 인기 영상 송출한댔었는데!'

물론 유캐스트에도 흥미진진한 카일란 영상들이 넘쳐난다.

하지만 유명 랭커들의 라이브 영상은 실시간으로 구경하기 힘들었다. 개인 방송을 따로 하는 랭커가 아니고서야, 개인 영상이 유캐스트에 라이브로 올라올 일은 없었으니까.

유캐스트에 올라오는 랭커들의 영상은, 대부분 에디터에 의해 편집되어 나오는 것들이었다.

"어디 보자…… 여기 있다! 배너도 엄청 크게 걸어 놨네."

커뮤니티의 메인 화면에서 쉽게 이벤트 페이지를 찾은 영훈은 곧바로 메신저를 열어 세미에게 연락했다.

연휴에 고통받고 있을 동지를 위한 찐한 우정이랄까.

하지만 돌아온 것은 배신일 뿐이었다.


−야, 세미, 지금 뭐하냐?

−바쁘다.

−지금 바쁠 때가 아니야! 커뮤니티 들어가서 이안갓 영상 봐야 돼!

−그거 보느라 바쁨.

−……!


잠시 분노로 씩씩대던 영훈은 곧 정신을 차리고 랭킹 순으로 영상들을 정렬했다. 그리고 당연한 이야기겠지만, 1위에 랭크되어 있는 영상부터 터치해 보았다.

이어서 영훈의 입에서, 감탄사가 터져 나왔다.

"크, 역시 이안! 아니, 진성 센빠이!"

영상을 보기 시작하자 세미를 향한 배신감 따위는 순식간에 날아가 버린 것이다.

"역시, 독보적인 1위군!"

진성과 이안이 동일 인물이라는 사실을 알게 된 날 이후, 진성은 영훈의 롤 모델이 되었다.

여신급 외모를 가진 여자친구가 있다는 것만으로도 충분히 놀라운데, 전설이라는 수식어가 어색하지 않은 '이안'이라는 유저와 동일 인물이라는 사실까지 알게 되었으니, 게이머 꿈나무인 영훈의 입장에서는 존경해 마지않을 수밖에 없는 것이다.

'역시 겜덕에게도 미래는 있는 거 였어!'

어쨌든 이안의 영상을 스마트폰 화면 가득 띄운 영훈은, 화면에 빨려 들어가기라도 할 듯 집중해서 영상을 시청하기 시작했다.

"영훈아, 그렇게 스마트폰 보면 눈 다 버린다."

"아, 엄마, 지금 중요한 순간이라고!"

"어휴, 저렇게 게임만 좋아해서 뭐가 되려고……."

"이안될 거야."

"이안? 그게 뭐니?"

"그런 게 있어요."

엄마의 끊임없는 공격에도 한 치의 흔들림 없이 영상을 시청하는 영훈이었다.

영상에 집중하기 시작하자, 차가 밀리는 것은 아무런 스트레스가 되지 않았다.

"크으, 그래! 이거지!"

공교롭게도 영훈이 영상을 켠 시점은 칼리파를 처단하는 부분이었고, 때문에 시작부터 박진감이 넘쳤다.

데스 메테오의 폭풍으로 시작해서 용기병들의 등장까지.

어느 한 군데 흥미진진하지 않은 부분이 없었다.

특히 용기사단장 카미레스가 등장할 때는 육성으로 감탄사가 흘러나올 정도였다.

"캬, 지렸다."

"영훈이 화장실 가고 싶어? 휴게소 잠깐 들를까?"

"……."

엄마의 기습적인 공격을 가까스로 흘려 낸 영훈은, 다시 영상에 집중했다.

하지만 용기병들이 등장한 이후, 거의 30여 분 정도는 지루하기 그지없는 영상이었다.

퀘스트를 완료한 이안 일행이 어디론가 향하는 것이 영상의 전부였으니까.

꾹 참고 시청하던 영훈도 꾸벅꾸벅 졸음이 밀려올 정도였다.

그런데 잠시 후…….

채챙- 챙! 챙!

이어폰을 타고 울려 퍼지기 시작한 병장기 소리에, 영훈의 두 눈이 기계처럼 번쩍 뜨였다.

'드디어 전투가 다시 시작되는 건가?'

영훈은 정신을 차리고 다시 영상을 보았다.

어느새 이안 일행이 전투에 합류하였고, 이제부터가 하이라이트일 게 분명했으니까.

그리고 영상을 시청하던 영훈의 두 눈이 순간적으로 커다랗게 확대되었다.

'뭐, 뭐야, 저 처음 보는 꼬마는?'

전장의 한복판을 향해 소환 주문을 외운 이안과, 그 자리에 소환된 앙증맞은 여자아이.

'진성선배한테 저런 취향이……!'

게다가 여자아이가 소환된 곳은 고스트 드래곤의 브레스를 직격당할 수밖에 없는, 무척이나 위험한 위치였다.

그러다 보니 영훈으로서는 당황할 수밖에 없었던 것이다.

하지만 진성의 취향을 의심하는 것도 잠시였을 뿐.

이어서 발동한 어마어마한 스킬에, 영훈의 입이 쩍 하고 벌어지고 말았다.

순간적으로 빛이 퍼져 나가더니, 전장에 있던 모든 전투 병력에게 새하얀 실드가 씌워진 것이다.

실드가 씌워진 직후 드래곤의 브레스가 전장을 쓸고 지나갔고, 당연한 얘기지만 그 누구도 피해를 입지 않았다.

실드의 내구도가 아무리 약하다고 하더라도, 카일란의 시스템 상 무조건 한 번의 공격은 완벽하게 막기 때문이었다.

예를 들어 내구력이 30 남은 실드를 가진 대상을 공격한다고 친다면, 30만큼의 대미지를 세 번 줄 때 총 60의 피해를 입히게 된다. 하지만 90만큼의 대미지를 한 번 입혀 봐야 실드만 사라질 뿐 대미지가 들어가지 않는 구조인 것이다.

어쨌든 브레스로부터 모든 병력을 지켜 낸 어마어마한 스킬의 위용에, 영훈은 감탄할 수밖에 없었다.

그리고 이 앙증맞은 여자아이의 정체에 대해서도 곧바로 추론해 낼 수 있었다.

'빛의 신룡 엘카릭스! 엘카릭스가 폴리모프한 모습이 저 여자아이였어!'

영훈은 더욱 영상에 집중했다.

갈수록 이안의 전투는 흥미진진해지고 있었으니까.

"이안! 이안 님이 오셨다!"

"이안 폐하께서 친히 전장에 납시었다!"

"전고를 울려라! 폐하께서 지원군을 끌고 오셨다!"

"됐다! 케이튼 영지를 다시 수복하자고!"

이안을 발견한 즉시 전장의 곳곳에서 탄성이 터져 나왔다.

유저들은 물론 로터스 왕국의 NPC들에게까지, 이안은 그야말로 승전의 보증수표와 같은 존재였던 것이다.

특히 전황에 대해 정확히 파악하지 못하고 있는 말단 병사일수록, 이안에 대한 믿음과 신뢰도는 더욱 높았다.

그것은 거의 신앙 수준이었다.

"내 지금껏, 폐하께서 납신 전쟁에서 패배하는 것을 본 적이 없다고!"

"그럼, 그럼! 우리 폐하야 말로 전쟁의 신이 아니신가!"

전쟁의 신 마레스가 들었다면, 이안에게 질투심을 갖게 되었을 정도.

그리고 잠시 후, 불이 붙기 시작한 로터스 왕국군의 사기는 더욱 활활 타올랐다.

이안이 나타난 뒤편에서, 수많은 용기병들이 등장하기 시작한 것이다.

전원이 400레벨대인 용기병들의 위용은, 그야말로 눈이 부실 수준이었다.

"와아아, 다 부숴 버리자!"

"승리의 로터스!"

"어둠의 군대를 처단하자!"

전장을 지휘하던 헤르스는, 그 모습을 보며 혀를 내두를 수밖에 없었다.

'와, 이안이 하나 등장했다고 이런 반전이라니.'

물론 이안이 드래곤의 브레스를 막아 내기는 했지만, 그것은 사실 이 거대한 전장에 막대한 영향을 줄 정도는 아니었다.

그런데도 불구하고 이안이 등장했다는 사실 하나만으로, 불붙은 로터스의 진영이 전선을 밀어올리기 시작한 것이다.

반면에 언데드 군단은, 주춤하는 것이 눈에 보일 정도였다.

'이게 사기의 힘인 건가?'

카일란에서 '사기'라는 시스템은, 대규모 전쟁일수록 전력에 더욱 커다란 영향을 미치는 요인이었다.

인원이 모일수록 사기의 효과가 배가되기 때문이었다.

그리고 거의 천문학적인 명성을 가지고 있는 이안은, 왕국군의 사기를 끌어올릴 수 있는 최고의 열쇠였다.

물론 명성 외에도 여러 가지 요소가 작용하기는 했지만 말이다.

'하지만 이 사기를 계속 유지하는 게 관건인데.'

'사기'라는 스테이터스는, 한순간 솟구쳐 올랐다가도 전황에 따라 점점 떨어질 수밖에 없는 능력치였다.

때문에 이제부터가 정말 중요했다.

만약 계속해서 어둠의 군대를 밀어붙인다면 더욱 효과적인 시너지가 생기겠지만, 반대의 경우에는 말짱 도루묵이 되어 버리는 것이다.

헤르스의 시선이 늠름한 갑주로 무장한 용기병들에게로

향했다.

'저 녀석들이라면 각자 어지간한 랭커 1인분 정도는 해 주겠지?'

그런데 그때, 용기병 무리의 중심에서 한 드래곤이 훌쩍 앞으로 튀어나왔다.

이어서 전장 전체에 어마어마한 크기의 사자후가 울려 퍼졌다.

─세카이토 님의 가호가 함께하신다!

귀가 먹먹해질 정도로 거대한 진동이 느껴지는 강렬한 외침.

─적을 섬멸하라!

그리고 잠시 후, 대규모 학살이 펼쳐지기 시작했다.

이안은 지금까지 카일란을 플레이하면서, 제법 여러 번 NPC 버스를 타 본 경험이 있었다.

하지만 단연코, 그 어떤 버스도 세카이토의 버스보다 승차감이 뛰어난 적은 없었던 것 같았다.

─소환수 '엘카릭스'의 레벨이 올랐습니다!

─소환수 '엘카릭스'의 레벨이 올랐습니다!

─소환수 '엘카릭스'의 레벨이 올랐습니다!

이안의 시야를 전부 가릴 정도로, 쉴 새 없이 떠오르는 시스템 메시지들.

물리 공격에 면역을 가진 고스트 드래곤을 제외한다면, 그야말로 짚단 베어 넘기듯 쓸어 버리는 용기병들이었다.

"용신 세카이토 님의 이름으로!"

"더러운 어둠의 종자들, 무로 돌아가거라!"

그리고 이쯤 되자, 고스트 드래곤도 딱히 문제될 것이 없었다.

지금 전장에 등장한 고스트 드래곤은 총 다섯 기.

그들을 제외한 나머지 병력이 순식간에 쓸려 나가자, 아무리 녀석들이 까다로운 상대라 하여도 의미가 없어져 버린 것이다.

왕국군의 수많은 마법사들이 모든 화력을 고스트 드래곤에 집중할 수 있게 되었기 때문이었다.

화르르륵—!

콰콰쾅—!

거기에 사제 랭킹 1위인 레비아까지 가세하여 신성 마법을 퍼부어 대니, 어둠 속성인 고스트 드래곤으로서는 당해낼 재간이 없었다.

—'고스트 드래곤'에게 치명적인 피해를 입혔습니다!

—'고스트 드래곤'을 처치하는 데 성공하셨습니다!

시스템 메시지가 연이어 경쾌하게 울려 퍼졌다.

하지만 아무리 쾌적한 버스라고 해도, 이안은 가만히 있지 않았다. 경험치 극대화를 위해 엘카릭스를 제외한 모든 소환수들을 소환 해제한 상태였지만, 조금도 위축되지 않고 최전

방에서 언데드 군단을 향해 창을 휘둘렀다.

쾅- 콰쾅-!

하르가수스의 위에 올라탄 채, 수많은 언데드들을 도륙하는 이안의 모습. 하르가수스는 경험치 배분의 대상이 아니었기에, 지금 상황에서 그야말로 꿀 같은 녀석이었다.

그런데 재밌는 건, 하르가수스의 등에 탑승해 있는 사람이 이안 혼자가 아니라는 점이었다.

이안의 바로 앞에는, 터질 듯한 볼을 가진 귀여운 외모의 숙녀가 하나 앉아 있었다.

"엘카릭스, 스킬 재사용 대기 시간 얼마나 남았지?"

"4분 남았어요!"

"그래, 있다가 내가 또 쓰라고 할 때 정확히 써 줘야 해?"

"알겠어요, 아빠!"

이안을 향해 방실방실 웃으며, 고개를 끄덕이는 귀여운 여아의 모습.

그리고 당연한 얘기겠지만, 그녀는 폴리모프한 엘카릭스였다.

왜인지는 알 수 없지만, 엘카릭스는 이안을 아버지로 인식한 모양이었다.

"아빠, 무서워요! 끄아아!"

이안의 앞에 앉아 두 눈을 질끈 감고 있는 엘카릭스의 모습은 엄청난 귀여움을 뿜어내고 있었다.

"걱정 마, 이 아빠가 지켜 줄게!"

졸지에 미혼부가 된 이안은 어디선가 부성애가 솟아오르는 것을 느끼고 있었다.

'우리 엘카릭스에게 단 번의 공격도 허용하지 않을 테다!'

그래서인지 이안은 평소보다 더욱 필사적으로 열을 올렸다.

맞아 줘도 상관없는 저레벨 스켈레톤의 화살들까지 일일이 창대로 쳐 내며, 신기에 가까운 컨트롤을 보여 준 것이다.

"우아앗!"

엘카릭스의 감탄사가 한 번씩 들려올 때면, 소진되었던 체력이 다시 충전되는 느낌마저 받는 이안이었다.

"좋아, 이대로 엘리카 왕국 수도까지 털어 버리자!"

그리고 이 모든 것은 시너지가 되어, 엘카릭스의 광렙을 만들어 내고 있었다.

－소환수 '엘카릭스'의 레벨이 올랐습니다!

－소환수 '엘카릭스'의 레벨이 올랐습니다!

－소환수 '엘카릭스'의 레벨이 57이 되었습니다!

전투가 시작되기가 무섭게 엘카릭스의 레벨은 50을 넘겨버렸다.

하지만 그것은 단지 '시작'에 불과할 뿐이었다.


to be continued

# 꿈의 도약, 로크에서 하십시오
## (주)로크미디어에서 신인 작가를 모십니다

즐거운 세상, 로크미디어는 꿈을 사랑하고 도전을 두려워하지 않는 작가 분들의 참신한 작품을 기다리고 있습니다. 21세기 장르 문학계를 이끌어 갈 차세대 선두 주자 (주)로크미디어에서 여러분의 나래를 활짝 펴 보시길 바랍니다.

**모집 분야** 판타지와 무협을 포함한 장르 문학
**모집 대상** 아마추어 작가, 인터넷 작가
**모집 기한** 수시 모집
### 작품 접수 시 유의 사항
  1. 파일명은 작가명_작품명.hwp형식을 갖춰 주십시오.
  1. 파일에 들어갈 내용은 다음과 같습니다.
    ─ 성명(필명인 경우 실명을 밝혀 주세요), 연락처, 이메일 주소
    ─ 제목, 기획 의도
    ─ A4용지 1장 분량의 등장인물 소개
    ─ A4용지 2장 분량의 전체 줄거리
    ─ 본문
  1. 작품이 인터넷에 연재되고 있다면, 게시판명과 사이트의 구체적이고 정확한 주소를 기재해 주십시오.

선택된 작품은 정식 계약 후 출판물로 간행되어 전국 서점에 유통됩니다.
작가 분은 (주)로크미디어의 전폭적인 지원하에 전속 작가로 활동하시게 됩니다.
※ 자세한 내용은 로크미디어 홈페이지(rokmedia.com)를 참조하세요.

(03920)서울시 마포구 성암로 330 DMC첨단산업센터 3층 314호
(주)로크미디어 편집부 신간 기획 담당자 앞
전화 : 02 ─ 3273 ─ 5135
www.rokmedia.com    이메일 : rokmedia@empas.com